KB075290

술 마시고 스텟업 5권

초판1쇄 펴냄 | 2018년 08월 14일

지은이 | 홍우진
발행인 | 성열관

펴낸곳 | 어울림 출판사
출판등록 / 2009년 1월 23일 제313-2009-12호
주소 / 경기도 고양시 일산동구 장항동 731 동하넥서스빌딩 307호
TEL / 031-919-0122
FAX / 031-919-0127
E-mail / 5ullim@hanmail.net

ISBN 978-89-992-5037-8 (04810)
ISBN 978-89-992-4824-5 (SET)

OULIM MODERN FANTASY

술 마시고
스텟업

홍우진 현대판타지 장편소설

5

어울림

목차

각성

　우주는 UN그룹으로 돌아오자마자 회장실에 틀어박혔다. 스스로를 다시 돌아볼 시간이었다.

"상태창 오픈."

[박우주]

LV : 40

칭호 : 최초의 초이스, 기적을 일으킨 자, 천년무인.

체력 : 2000/2000(+1000)

정신력 : 5000/5000(+1000)

내공 : 70(+10)(뇌전 속성이 추가됨.)

레벨은 40이 되었고 스텟은 130까지 쌓여 있었다.

나머지 스텟은 이전과 똑같았다.

우주는 그동안 스텟을 마켓타워에서 스킬을 사는 데만 사용했다는 것을 깨달았다.

보통 초이스들은 스텟을 온전히 자신의 역량을 키우는데 사용했다.

하지만 스텟이 남아도는 우주는 스텟을 다른 곳에 사용하며 자신에게 사용하지 못했다.

그 결과, 우주는 무의식중에 스킬에 의지하고 있었다.

모용진과의 싸움에서 우주는 자신이 스킬에 의지하고 있다는 것을 깨달았다.

이대로 머물러서는 안 된다.

훨씬 더 강한 적이나 몬스터가 나타나서 스킬이 통하지 않다면 우주는 패할 수도 있었다.

그것은 지금껏 쌓아왔던 모든 것을 잃는 것과 다름없었다.

또한 우주는 꿈에 나타난 존재가 계속 마음에 걸렸다.

"힘을 더 길러야 해."

그 시작은 스텟을 배분하는 것으로 시작될 것이다.

이미 환골탈태를 한번 경험한 몸이지만 스텟의 힘은 무

궁무진했다.

우주는 본연의 실력을 높이기 위해서 먼저 내공을 100포인트로 만들었다.

[스텟 : 100]

30포인트가 훅 빠져나가면서 우주의 단전에 강력한 기운이 깃들었다.

70포인트가 단숨에 100포인트가 되자 전신에서 주향(酒香)이 나기 시작했다.

내공이 우주의 몸을 순환하며 세맥과 혈관을 통해 전신 모공에서 알코올이 반응한 것이다.

우주는 그윽한 주향을 느끼면서 몸이 가뿐해지는 것을 느꼈다.

"나머지 100포인트는……."

내공을 제외하고는 딱히 스텟을 찍어도 도움이 되는 스텟이 없었다.

이래서 스킬에 더욱 매달렸는지도 모른다고 우주는 생각했다.

"스킬창 오픈."

패시브 스킬은 그대로였다.

대신 액티브 스킬에 '세계 주류'의 회장이 보내주었던 술을 마시고 얻었던 스킬이 추가되어 있었다.

*참나무통 맑은 소주 — '참나, 통증이 없네?' 참나무통에 들어 있는 맑은 술, 마시면 모든 고통을 사라지게 해준다.

*곰바우 — 곰같은 바위. 곰의 형상을 한 골렘을 소환한다.

*참진이슬로 — 참으로 진실만 말하게 하는 이슬. 이슬을 마실 경우 거짓을 말할 수 없다.

*그린 — 소주를 대표하는 색깔, 초록색을 가진 상대에게 쓴 맛을 보여줄 수 있다.

[환상의 알코올] Lv.1
—색다른 알코올 중에서도 환상의 맛을 보이는 알코올들이 있다. 1회성 스킬의 질이 상승한다.

[위치추적] Lv.1
—게이트 내에서 아군의 위치를 파악할 수 있다.

[지도] Lv.1
—대한민국의 전도를 볼 수 있다.

거기다 존 드워를 통해서 얻게 된 스킬인 '환상의 알코올'과 '다주'를 통해 만들었던 스킬들 그리고 마켓 타워에

서 구입한 스킬들이 추가되어 있었다.

> ※ 성장형 스킬
> [마법] Lv. 4 (숙련도 : 0%)
> 4클래스에 속한 마법들을 사용할 수 있다.
>
> [알코올 분신술] Lv. 2
> —알코올을 섭취했을 때, 분신을 소환할 수 있도록 한
> 다. 제한 인원은 가지고 있는 마나량 만큼.

성장형 스킬에는 마법이 4클래스로 올라있었고, 알코올 분신술의 레벨도 올라있었다.

우주는 현실을 직시했다.

자신은 창우처럼 어렸을 때부터 무예를 익혀온 무인도 아니었고 싸움에 타고난 재능이 있는 것도 아니었다.

가지고 있는 것은 술 마시면 스텟이 오르는 초이스의 능력뿐이었다.

운이 좋아서 최초의 초이스가 되었고, 남들보다 한발 앞서서 능력을 활용했기에 현재의 위치까지 오를 수 있었다.

하지만 이대로 있다간 분명 뒤에서 쫓아오는 초이스들에게 따라잡힐 것이 분명했다.

또한 막강한 무공을 보유한 무인에게는 속수무책으로 당할 수밖에 없을 것이다.

'스킬에 의존하는 것은 그만둬야 한다.'

물론 전 세계에 있는 각종 술을 모두 마셔서 다양한 스킬을 얻는 방법도 있다.

하지만 그러기 위해서는 엄청난 시간과 노력을 들여야 한다.

그렇다면 어떻게 스킬에 의존하지 않고 강해질 수 있을지 우주는 고민했다.

다르게 생각해보면 스킬을 제외한 나머지 것들을 우주의 힘으로 활용할 수 있을 것이다.

우주는 자신의 힘이라고 할 수 있는 것들을 생각해보았다.

UN그룹, 초이스 아카데미, 수하들과 맹꽁이 그리고 술.

생각해보니 처음이나 끝이나 결국은 술이었다.

스킬도 술에서 파생된 것이고, 스텟도 술에서 파생된 것이나 마찬가지였다.

우주는 상태 창을 바라보다가 중얼거렸다.

"알코올 초이스."

그러자 우주의 전신에서 다시 한번 주향이 진동하기 시작했다. 우주가 무아지경으로 빠져 들어가고 있었다.

* * *

"없어졌다고요?"

강남고등학교에 도착한 지예천은 아영이 사라졌다는 소식에 선생들에게 소리를 쳤다.

일부러 보안이 좋은 학교에 입학시켰다.

아무리 초이스라고 하지만 외부인이 침입했는데, 그것도 모를 정도라니 지예천은 끓어오르는 분노를 주체할 수 없었다.

"진정해. 그래서 우리 딸이 어디서 없어졌죠?"

지예천은 정신을 차린 이주영과 함께였다.

지예천과 같이 강남고등학교로 향하던 이주영은 빠르게 상황을 파악했다.

지예천에게서 아영이가 납치되었을 수도 있다는 소리를 들은 이주영은 생각보다 침착했다.

마치 이런 일이 있을 것을 예상한 듯이 말이다.

그리고 강남고등학교에 도착해서 아영이 사라졌다는 소리를 들었다. 이주영은 하늘이 무너지는 것 같은 기분이었지만 내색하지 않았다.

그녀보다 지예천이 더 분노하고 있었기 때문이다.

화를 내는 것으로는 딸을 찾을 수 없었다.

이주영은 침착하게 딸을 추적해나가기 시작했다.

지예천도 이주영의 태도를 보고 점점 진정했다.

침착함을 되찾게 되자 이상한 점이 한두가지가 아니었다. 먼저, 권창우에게 학교로 초이스를 보내달라고 했다.

그런데 학교에 도착했는데도 불구하고 초이스의 얼굴조

차 보지도 못했다.

"그게……."

아영이를 찾기 위해서 이미 학교에 설치되어 있는 CCTV 까지 모두 돌려본 상태였다. 하지만 하늘로 솟았는지 땅으로 꺼졌는지 아영은 보이지 않았다.

마지막으로 아영이 CCTV에 찍힌 곳은 식당이었다.

식당에서 교실로 가는 길.

그곳에서 무슨 일이 벌어졌다고 볼 수밖에 없었다.

"CCTV 사각지대가 어디죠?"

"아마… 이쯤일 겁니다."

아영이의 담임선생님의 말에 이주영과 지예천이 주위를 살폈다. 혹시라도 단서가 될 수 있을만한 것이 있을 수도 있기 때문이다.

"응?"

그때 지예천이 무언가를 발견하고 자리에 주저앉았다.

바닥이 패여 있었다.

"주먹?"

사람의 주먹모양으로 땅이 패여 있었다. 이곳에서 무슨 일이 있었던 것 같았다.

그 주먹을 보고 권창우를 떠올린 지예천이 스마트폰을 꺼내 권창우에게 전화를 걸었다.

뚜르르르—

—여보세요.

"긴급 상황이야. 아영이가 사라졌어."

—응? 아, 그래?

이어서 폰 너머로 '그럴 리가 없는데'라는 음성이 들려오자 오히려 지예천이 당황했다.

"사라졌다니까?"

—아마 큰 걱정하지 않아도 될 거야.

"뭐?"

이어지는 권창우의 말에 지예천의 신색이 눈에 띄게 좋아지자 이주영이 그를 보고 물었다.

"우리 아영이 괜찮대?"

"네. 어머님. 확신은 없지만… 괜찮을 것 같아요."

대체 권창우에게 무슨 말을 들었기에 지예천이 안심을 한 것일까?

전화를 끊은 지예천이 바닥의 흔적을 다시 주시하기 시작했다.

"엄마? 오빠?"

그때였다.

근처에 있는 수풀 너머로 아영과 경은이 나타났다.

"아영아!"

이주영이 뛰쳐나가서 아영이를 품에 안았다.

지예천도 아영이에게 다가가서 아영이의 몸을 살폈다.

다행스럽게도 다친 곳은 없어보였다.

"어떻게 된 거야? 대체?!"

"그게……."

이주영의 말에 아영과 경은이 뒤를 돌아봤다.

그들의 뒤에서 헛기침을 하는 노인의 모습이 눈에 들어왔다.

* * *

"여보세요. 어, 그래. 근처다. 뭐? …오자마자 늙은이를 고생시키는구나. 알겠다. 강남고등학교라고 했지? 금방 가마."

전화를 끊은 초로의 노인이 순식간에 사라졌다.

말로는 고생이다 뭐다 했지만, 한 사람의 목숨이 달린 일을 부탁받았다. 누구보다 빠르게 움직여야만 했다.

순식간에 강남고등학교에 도착한 노인은 학교 옥상에 올라서서 뒷짐을 지고 주변을 둘러보았다.

부탁받은 아이의 얼굴을 알아볼 수 없었기 때문에 이렇게 제일 높은 곳에서 모든 방위를 살피는 것이다.

노인은 이상한 기미가 보이는 즉시 뛰쳐나갈 생각이었다. 그렇게 주변을 살피던 노인의 눈에 한 무리의 움직임이 눈에 잡혔다. 꽤 은밀한 움직임이었지만 노인의 눈을 속일 수 없었다.

"저 녀석들, 살수군."

노인이 한발을 내딛는 순간, 노인의 신형이 옥상에서 자

취를 감추었다.

"아저씨가 쉬자고 할 때 쉬었어야지."

"네?"

"그랬으면 너희들, 고통 없이 데려갈 수 있었는데 말이야."

남자의 손짓에 여자애들 두 명이 기절했다.

남자는 희미한 미소를 지으면서 여자애들을 들쳐 업었다. 이제 여기서 나가기만 하면 임무완수였다.

이런 쉬운 임무에 왜 살수를 5명이나 투입했는지 이해할 수 없을 정도였다. 남자는 몸을 띄우려다 주변이 너무 조용한 것을 느끼고 멈칫거렸다.

인기척이 없었다. 일부러 인적이 드문 장소를 고르긴 했지만, 그는 숨어 있는 살수들의 기척은 느낄 수 있었다. 그런데 지금은 아무런 기척도 느껴지지 않았다.

"꽤 감이 좋은데?"

흠칫.

경비원으로 위장한 살수가 몸을 급하게 틀었다.

바닥에 경력이 작렬했다. 몸을 틀지 않았으면 즉사였다. 그는 몸을 틀면서 업고 있던 목표물을 놓아 버렸다.

급히 목표물을 찾았지만 살수가 눈치챘을 때는 이미 목표물이 사라진 후였다.

의식하지도 못한 사이에 목표물이 사라진 것을 보고 살수가 몸을 날렸다.

감당할 수 없는 상대였다. 같이 왔던 살수들의 기척이 없어진 것을 보면 전부 당했다고 봐야 했다.

이 사실을 알리기 위해서라도 그는 살아남아야만 했다.

"쯧쯧. 내가 웬만하면 자비를 베푸는 건만, 너희는 안 되겠다."

어느새 앞에 나타난 노인의 주먹이 살수가 본 마지막 장면이었다.

"흠. 이 아이들을 어쩐다……."

* * *

"만나 뵙게 되서 영광입니다. 지예천이라고 합니다."

노인을 본 지예천은 포권을 취했다.

노인은 머쓱한 표정을 지으며 고개를 끄덕였다.

"허허. 여기서 나를 알아보는 사람을 만날 줄은 몰랐는데?"

"창우와 친분이 있습니다."

노인, 권왕 황보단이 고개를 끄덕였다.

제자의 지인이라면 이해가 되었다. 지예천이 황보단을 아는 체하자 아영이 지예천에게 물었다.

"아시는 분이셔?"

"응. 유명한 분이셔."

'유명한 분'이란 말에 황보단이 헛웃음을 지었다.

어쨌든 제자의 부탁은 잘 들어준 것 같았다.

"고맙습니다."

이주영이 다가와서 황보단에게 고개를 숙이자 그는 가볍게 고개를 끄덕였다.

제자의 부탁 때문에 왔을 뿐이다.

고맙다는 인사는 권창우에게 하라고 말하려 했다.

그러나 이주영의 표정을 보고 입을 다물었다.

그녀가 울먹거리고 있었기 때문이다.

"그만 가자."

"네."

분위기가 어색해지자 황보단이 지예천에게 눈치를 주었고 지예천이 그를 안내했다.

황보단이 있으면 두려울 것이 없었다.

아영의 친구를 담임선생님에게 맡긴 지예천이 아영과 이주영, 황보단을 데리고 UN그룹으로 향했다.

* * *

스승님이 왔다는 말에 권창우가 마중을 나갔다.

그 덕분에 회장님의 동생을 구할 수 있었다고 방에 틀어박힌 우주에게 이야기하고 싶었다.

그러나 안에서 요동치는 기운을 느낀 권창우는 우주를 부르는 것을 포기했다.

"스승님!!"

"오랜만이구나. 제자야."

화목하게 다가가던 두 사람은 곧 서로에게 주먹을 뻗었다. 두 사람의 주먹이 맞닿자 폭발음이 들려왔다.

오랜만에 보는 것 같은데 첫 만남부터 주먹을 교환하는 두 사람이다.

이주영과 아영은 지예천을 물끄러미 바라봤다.

두 사람의 눈빛이 마치 '너도 저렇냐'는 것 같았다.

지예천은 손사래를 치면서 아니라고 말했다. 보통은 저렇게 첫 만남부터 격하게 주먹을 맞대지는 않는다.

"오. 꽤 늘었구나. 제자야."

"하하. 저도 놀고만 있지는 않았습니다."

"음? 그런데 이 기운은 무엇이더냐?"

황보단이 흡족한 표정으로 권창우를 바라보았다.

곧 그는 UN그룹 회장실 안에서 뿜어 나오는 기운을 느끼고 권창우에게 물었다.

"회장님의 기운입니다."

"오호. 그 TV에서 봤던……."

안에서 느껴지는 기운이 우주의 기운이란 말에 황보단의 눈빛이 초롱초롱해졌다.

TV에서 그리핀과 싸우는 것을 보긴 했는데 이정도일 줄은 몰랐다.

황보단은 몸이 근질근질한 것을 느끼면서 얼른 우주가

나왔으면 했다.

"스승님. 그 버릇은 여전하십니까?"

"흥, 세살버릇 여든까지 간다고 했다. 비무가 좋은 것이 죄더냐?"

황보단은 심각한 비무 중독이었다.

'권왕'이라는 별호 역시 중국무림에서 수많은 문파에 쳐들어가 비무를 하면서 얻어낸 별호였다.

"저, 회포를 푸는 것도 좋긴 한데……."

지예천이 이주영과 아영을 가리키자 권창우가 고개를 끄덕였다.

가족들이 전부 회사에 모인 이상 우주를 불러야 했다.

"일단 들어가죠. 회장님이 나오셨는지는 모르겠지만 일단 최대한 알리기는 해야겠습니다."

"그럴 필요 없다."

박준우와 우주가 걸어서 나오는 것을 본 지예천이 우주를 보고 고개를 갸웃거렸다.

이전과는 또 무언가가 달라져 있었다.

"회장님!"

"아들!"

"오빠!"

우주는 세 사람을 보고 환한 미소를 지었다. 그리고 이주영과 아영에게 다가가 두 사람을 안아주었다.

"그동안 고생 많으셨죠?"

"아니다. 네가 제일 고생 많았지."

"맞아, 황할아버지 덕에 괜찮았어."

아영의 말에 우주가 창우의 스승인 권왕 황보단을 바라보았다. 타오르는 불꽃처럼 황보단의 눈빛이 불타올랐다. 열망이 가득한 눈빛이었다.

잠깐 식은땀을 흘린 우주가 인사를 했다.

"감사합니다. 덕분에 제 가족들이 안전할 수 있었습니다."

"그렇지? 내 덕분이지? 그럼 하나만 부탁해도 될까?"

"스승님!"

황보단의 입에서 어떤 말이 나올지 뻔했다.

창우가 먼저 황보단을 불렀다.

하지만 황보단은 권창우의 부름에 아랑곳하지 않고 우주에게 말했다.

우주는 창우에게 괜찮다는 듯 웃어보였다. 그리고 시선을 돌려 권왕을 바라보자 황보단이 말했다.

"비무 한번 부탁하겠소."

"하하. 알겠습니다. 오히려 제가 부탁드리고 싶었습니다."

우주의 말에 권왕의 입가에 미소가 지어졌다.

우주는 창우에게 권왕과 함께 먼저 연무장으로 가이라고 말한 뒤, 가족들을 회장실로 데려갔다.

"여기서 잠시 수다 떨고 계세요. 금방 다녀오겠습니다."

설마 UN그룹 중심부까지 적이 쳐들어 올리는 없었다.

그래도 혹시나 싶어서 지예천을 남겨두고 우주는 연무장으로 향했다.

연무장에 다가갈수록 투닥거리는 소리가 명확해졌다.

연무장 안으로 들어서니 권창우와 황보단이 주먹을 맞대고 있었다.

"이미 비무를 하고 계셨네요."

우주가 낸 인기척에 권창우와 황보단이 우주를 돌아봤다.

창우가 얼른 데리고 가라는 시늉을 했다.

우주가 그런 권창우를 보고 웃었다.

"오랜만에 만난 제자의 실력을 확인했을 뿐이네."

황보단의 말에 우주가 몸을 풀기 시작했다.

자신을 관조한 후에 얻은 것이 많았다.

권왕정도 되는 무인이라면 지금 얻은 깨달음을 실험해볼 만했다.

[황보단]
LV : 45

강한 무인일수록 레벨이 점점 높아졌다.

우주는 레벨이 전부가 아니라는 것을 잘 알고 있었다.

예전 같았으면 어떤 스킬을 쓸지 고민했겠지만 지금은

달랐다.

"지금 날 상대로 주먹을 든 것인가?"

"아. 실례했습니다."

우주가 빈손으로 있자 권왕이 말했다.

전혀 그럴 의도는 없었는데 상대를 기만한 것이 되어 버렸다.

우주는 재빠르게 사과를 하고 익숙해진 자신의 무기를 꺼내들었다.

"지금 제대로 무기를 꺼낸 것이 맞는가?"

"물론이죠."

우주가 기주를 한병 꺼내서 마개를 땄다.

향긋한 주향이 퍼지자 우주는 즐거운 듯 미소를 머금고 기주를 한모금 삼켰다.

[알코올을 섭취하였습니다. 스텟 포인트가 1포인트 증가합니다.]

"왜 그러시죠?"

"상식밖의 무기라 조금 놀랐네."

권왕이 주먹을 말아 쥐었다. 권왕의 양손에 태극의 기운이 맺히기 시작했다. 태극의 기운은 맹렬히 회전했다.

곧 모든 것을 없애버릴 것만 같은 멸(滅)의 기운이 권왕의 양손에서 소용돌이 쳤다.

26

우주는 태극멸권의 기운이 점점 더 강해지는 것을 보면서도 담담했다.

이제는 알고 있었다. 권왕의 태극멸권이라고 할지라도 위험하지 않다는 사실을 말이다.

권왕은 평온해 보이는 우주의 얼굴을 보고 주먹을 뻗었다. 우주가 언제까지 태평할 수 있는지 궁금했다.

"한번 받아 보게나."

권왕의 주먹이 다가오는 것을 느껴졌다.

우주는 정말 아무렇지 않게 남아 있던 기주를 권왕의 주먹이 만들어낸 경력에 뿌렸다.

그러자 뿌려진 술이 마치 의지를 가지고 있는 것처럼 움직였다.

멸의 힘이 담긴 권기를 알코올이 부드럽게 감싸 소멸시켜버렸다.

"허."

어이가 없다는 듯 권왕이 우주를 바라보았다.

자신의 공격이 이렇게 쉽게 무산된 경우는 처음이었다.

"조심하세요."

권왕에게 경고한 우주가 다시 한번 인벤토리에서 기주를 꺼내 허공에 뿌렸다.

이번에도 역시 우주의 술은 의지를 가진 듯 술 방울 단위로 권왕에게 쏘아졌다.

"마치 만천화우와 같군!!"

빠르게 주먹을 휘둘러서 쏘아지는 술 방울들을 쳐내는 권왕이었다.

그것을 지켜보던 우주가 중얼거렸다.

"알코올 체인지. 라이트닝 볼트."

쏘아지고 있던 술 방울들이 갑자기 번개로 바뀌었다.

권왕은 주먹에 짜릿함이 느껴지자 급히 신법을 사용해서 우주의 공격권에서 벗어났다.

"방금 그건……?"

우주는 권왕에게 의문을 품을 시간을 주지 않았다.

제운종을 펼쳐서 권왕에게 따라붙은 우주는 양손에 기주를 들고 권왕을 향해 술을 뿌렸다.

권왕은 방금 전과 같이 술이 번개가 될까봐 급하게 주먹을 뿌렸다.

모든 것을 멸해버릴 것만 같은 기운이 술에 잔뜩 뿜어지고 있었다.

태극멸권에 의해서 우주가 뿌린 술은 너무나도 쉽게 흩어져 버렸다.

권왕은 무언가 이상하다는 것을 깨달았다.

"윈드 오브 썬더."

그때 우주가 중얼거리는 것이 들려왔다.

그리고 하늘에서 바람과 함께 번개가 떨어졌다.

콰르릉.

권왕, 황보단은 번개가 떨어지는 것을 두눈으로 똑똑히

지켜보면서 전신에 호신강기를 둘렀다.

방금 뿌렸던 술은 페이크 모션이란 이야기였다.

'진짜는 이거다'라고 생각한 순간, 번개가 황보단에게 내리꽂혔다.

"이 순간이 제일 긴장하는 순간이겠죠."

우주는 번개가 떨어지는 찰나에 권왕에게 가까이 붙었다. 윈드 오브 썬더로 끝낼 수 있을 거란 생각은 애초부터 없었다.

하지만 모든 힘을 집중해서 번개를 막은 후 순간적으로 이루어지는 공격에 취약할 수밖에 없을 것이다.

권왕의 코앞에 당도한 우주가 손을 내밀었다.

정확히 권왕의 단전에 손을 갖다 댄 우주가 중얼거렸다.

"알코올 타임."

['알코올 타임'을 시전합니다. 알코올에 시간을 부여합니다.]

"이것으로 비무 끝."

번개에 직격당한 황보단은 잠시 동안 숨이 막혔다.

그리고 몸 내부가 진탕이 된 것을 알 수 있었다.

내부를 다스리기 위해 움직일 수가 없었던 황보단은 우주의 손이 닿는 것을 그저 지켜보았다.

황보단은 우주의 손이 닿자 내공이 동결되는 것을 느꼈

다.

"무엇을 한 건가?"

"1시간 뒤에 풀릴 거예요. 단전을 봉했습니다."

'도대체… 어떻게……?'

그러나 단전의 내공이 움직이지 않는 것을 느낀 권왕은 고개를 저었다.

어떻게 했는지는 모르겠지만 이런 능력이라면 내공을 주로 사용하는 무인들은 우주의 상대가 될 수 없을 것이다.

"허허. 이거 굉장한 상사를 두었구나."

"그러게 말이에요."

우주와 권왕의 비무를 지켜보던 권창우가 다가와서 권왕의 몸을 살폈다.

우주가 한 것이라고는 권왕의 몸에 손을 댄 것밖에 없었다.

"그나저나 정말 어떻게 한 건가?"

권왕은 아직도 단전을 막아놓은 것이 무엇인지 모르겠다는 표정이었다.

우주는 씨익 웃어 보이며 기주를 꺼내 권왕에게 권했다.

"이겁니다."

"술 마시라고?"

"네."

주는 술을 마다할 필요는 없었다.

권왕은 우주가 권한 술을 쭉 들이켰다.

"응?"

그러자 신기하게도 단전을 가로막던 기운들이 사라지기 시작했다.

내공을 다시 완전히 되찾자 권왕이 두눈을 깜빡이며 말했다.

"이게 대체……?"

우주가 피식 웃으면서 눈앞에 뜬 메시지 창을 바라보았다.

[스텟 : 주치(酒治)의 포인트가 증가합니다.]
[주치 : 50]

월문

우주가 권왕을 손쉽게 이길 수 있었던 이유는 알코올을 제대로 다룰 수 있게 되었기 때문이다.

술은 당과 효모가 만나 효모가 당을 섭취하면서 알코올과 물 그리고 이산화탄소를 뱉어내는 과정에서 만들어진다. 이때 중요한 것은 산소 공급을 차단하는 일이다.

즉, 술을 만들기 위해서 필요한 것은 포도당과 효소, 효모이다. 이것만 있다면 자유롭게 술을 만들 수 있다.

기본적으로 사람의 몸에는 포도당이 있다.

그렇다면 사람의 몸에 있는 포도당에 효모를 만들어준다면 충분히 알코올을 만들 수 있다.

효모를 만들기 위해서는 발효가 큰 영향을 미친다.

발효는 '효모나 세균 따위의 미생물이 유기 화합물을 분해하여 알코올류 따위를 생기게 하는 작용'을 말하는데, 미생물이 탄수화물을 분해하여 에너지를 얻는 작용이다.

즉, 미생물이 화합물을 분해하는 과정이 발효이다.

우주는 이번 각성을 통해서 기를 통해서 인위적으로 발효를 시키는 법을 터득했다.

사람의 몸에 있는 포도당에 기를 투입해 포도당을 발효시켜서 효모를 첨가하면 사람의 몸 내부에서 알코올을 발생시킬 수 있다.

이러한 방법으로 몸 내부에 알코올을 만들고 그 알코올을 자유자재로 조종해서 권왕의 기를 차단한 것이다.

우주가 만든 인위적인 알코올인 만큼 그는 그것을 자유자재로 다스릴 수 있었다.

그리고 그것을 위한 스텟이 바로 '주치'라는 스텟이었다.

우주는 이 스텟을 통해서 권왕을 쓰러뜨린 것과 다름없었다. 기본적으로 술을 마시면 스텟이 상승하는 우주에게 정말로 필요한 스텟이 생성된 것이다.

"그렇군. 알코올 초이스라는 말이군."

권왕 역시 초이스였다.

세상에 해악을 끼치는 몬스터를 가만히 놔둘 황보단이 아니었다. 그렇게 퍼스트 초이스가 되었지만 무공을 가진 황보단은 초이스의 능력에 대해서는 관심 밖이었다.

물론 지금은 생각이 달라졌지만 말이다.

무공을 익힌 자들의 약점이 바로 이것이다. 초이스가 되었지만 초이스의 능력을 십분 활용하지 않는 것.

만약 초이스의 능력까지 더해진다면 분명 무공을 익힌 자들은 좀 더 강해질 것이 분명했다.

"이제 남궁벽만 남은 건가?"

"아, 회장님. 이경묵은 어떻게 하실 건가요?"

우주는 까맣게 잊었던 이경묵의 존재를 떠올렸다.

그러고 보니 S그룹의 장자가 사라졌는데도 S그룹 쪽에서는 아무런 조취를 취하지 않고 있었다.

우주는 S그룹의 오너에게 무슨 문제가 생긴 것이 아닐까 생각했다.

"밥은 잘 주고 있나?"

"네."

"그럼 됐어. 그리고 S그룹에 연락이라도 넣어봐. 혹시 S그룹에 무슨 일이 있는지도 알아보고."

"네. 알겠습니다."

우주는 국내 기업들에는 신경을 끄기로 했다.

지금은 가족들을 노린 녀석들의 배후를 처리할 시간이었다.

"남궁민과 지예천을 불러야겠군."

* * *

"연락은?"

"아무래도, 실패한 것 같습니다."

실패란 말에 정장을 빼입은 사내가 몸을 움직였다.

절대 실패할 수 없을 정도의 인력을 투입했을 것이다. 그런데도 셋 중 한명도 납치하지 못했다는 말은 의외의 변수가 생겼다는 말이었다.

"그래도 최소한의 대책은 세워놓았다는 건가?"

"어떻게 할까요?"

사내의 말에 고개를 숙이고 있던 남자가 다시 한번 물었다. 남궁세가에게 의뢰를 받은 것은 UN그룹 회장 박우주의 약점인 가족들을 납치해 달라는 것이다.

"칠조장이 당했다면 꽤 강한 초이스들이 붙었다는 말이겠지. 한국에 파견 나가있는 오, 육조를 보내도록. 한국에서 살고 있던 두 개조도 실패한다면 이 의뢰는 거절하도록. 더 이상 남궁벽과 엮이고 싶지 않다."

"네. 알겠습니다."

사내는 목표물인 박우주를 떠올렸다.

그리핀을 쓰러뜨리는 영상을 사내도 보았다.

그 역시 많은 몬스터들을 상대해 보았지만 그리핀 같은 보스 몬스터를 만나지는 못했다.

"어쩌면 중국무림협회의 몰락을 볼 수 있을지도……."

중국 무림의 최대 살수조직, 월문의 수장.

단현우는 하늘에 떠있는 초승달을 보면서 중얼거렸다.

* * *

"먼저 쳐야합니다."

지예천의 주장에 우주는 흥미로운 표정으로 그를 바라보았다. 우주의 가족들을 납치하려던 놈들에게 지예천은 분노하고 있었다.

"그렇게 주장하는 이유는?"

"놈들이 목표물을 정했다면 2차, 3차로 접근할 가능성이 큽니다. 그전에 저희가 먼저 나서서 놈들을 쳐야합니다."

마치 놈들을 잘 알고 있는 것 같은 지예천의 말투에 우주가 물었다.

"그놈들의 정체는?"

"중국 무림의 살수조직, 월문입니다."

지예천은 월문에 대해서 상세히 이야기하기 시작했다.

전에 호위했던 남궁가의 청년 이야기를 다시 언급하면서 월문의 살수들에 대해 털어놓았다.

지예천의 기억에 월문의 살수들은 일조부터 오조까지 총 다섯조로 운영되었다. 그때보다 세가 불어난 지금이라면 더 많은 조가 만들어졌을 수도 있었다.

그리고 일조장 위에 월문의 문주가 존재했다.

"월문 문주가 직접 나설 가능성은?"

"남궁벽과 어떤 사이인지 알 수 없으나 지금은 오대세가를 기반으로 한 중국무림협회의 시스템이 무너지기 시작한 때입니다. 차라리 구파일방에 붙으면 붙었지, 남궁벽만을 신뢰하지는 않을 것이라고 생각합니다."

지예천의 말에 남궁민이 고개를 끄덕였다.

그는 지예천의 말을 듣고 예전에 지예천에게 호위를 받았다던 청년이 누구인지 곰곰이 생각해보았다.

할아버지인 남궁벽이 직접 호위를 맡겼을 정도면 분명 직계혈족 중 한명일 것이다.

하지만 아무리 생각해도 할아버지에게 아버지를 제외한 다른 자식이 있다는 소리는 들어본 적이 없었다.

"그럼 지예천, 네 의견은 중국으로 원정을 떠나자는 말이지?"

"회장님께서 중국무림협회를 완벽하게 집어삼키실 생각이라면 한번쯤 중국에 방문을 해야 할 것입니다."

"그건 나도 같은 생각일세."

이야기를 듣던 권왕 황보단이 끼어들었다.

중국의 무림인들을 굴복시키는 방법은 여러 가지다.

그러나 가장 확실한 것은 강력한 통솔력과 힘을 보여주는 것이다.

우주는 지예천과 황보단의 의견을 듣고 물었다.

"한가지만 물어보겠습니다. 월문의 본거지가 어디인지

알고 계십니까?"

"음⋯⋯."

권왕 황보단도 그것까지는 알 수 없었다.

중국에서 수소문을 하면 모르지만 지금 이곳에서는 우주
가 원하는 것을 알아내기 힘들었다.

"일단, 원은 100배로 돌려줘야지요. 남궁벽도 처리해야
겠지만 지금은 제 가족들에게 위협을 준 월문이라는 살수
조직부터 완전히 박살을 내고 싶은 마음입니다."

우주가 확실하게 입장표명을 하자 지예천이 주먹을 말아
쥐었다. 분명 남궁벽이 원인을 제공했을 테지만 실제 손을
쓴 것은 월문이었다. 본보기를 보여주어야 했다.

"그렇다면 방법은 하나지요."

황보단의 말에 모두가 그를 주목했다.

                        *   *   *

"정말 다시 학교에 가도 되는 거야?"

"물론. 내가 있잖아."

아영은 우주의 말에 고개를 끄덕였다.

몬스터까지 때려잡는 우주라면 그 어떤 위험한 일이 있
더라도 안전하게 보호해 줄 것이 분명했다.

"엄마랑 아빠는?"

"걱정 마. 거기도 꽤 유능한 경호원들이 붙었거든."

월문은 무슨 일이 있어도 의뢰를 성공시키는 집단이었다. 그렇다면 분명 또 접근해올 것이다.

그때, 녀석들을 잡아서 월문의 총타를 알아내는 방법을 동원하기로 했다.

그래서 우주는 지금 지예천과 함께 아영에게 붙어 있는 상태였다. 마찬가지로 이주영과 박준우에게도 다른 경호원들을 붙여놓았다.

월문의 살수들은 분명 다시 우주의 가족들을 납치하려 할 것이다.

그때가 기회였다. 우주는 눈빛을 빛냈다.

이런 사실도 모른 채, 월문의 오조와 육조는 각각 박아영과 이주영에게 접근하고 있었다.

"칠조장이 당했다는 소리가 있었으니, 각별히 조심하도록."

"에이. 칠조랑 오조의 실력차이는 조장님도 아시잖아요."

"자만심은 실패의 지름길이다."

오조장의 말에 월문의 살수들이 고개를 저었다.

시대가 빠르게 변할수록 살수들도 함께 변했다.

옛날 살수들이 은둔 생활을 하며 살행을 했다면, 지금 시대의 살수들은 일을 할 때만 완벽히 살수로 둔갑했다.

표정이 있고 활발한 살수들.

그들도 현대에서 먹고 살아야 하는 인간들이었고, 각자의 삶이 있는 사람들이었다.

그 중에서도 월문의 오조는 다른 조에 비해서 가장 활발한 살수들이 모여 있는 곳이었다.

"어쩌다 너희 같은 조원들을 받게 되었는지 후회가 되는구나."

"걱정 마쇼, 조장. 일은 확실하게 처리하니까 말이오."

오조에 속한 살수의 말에 오조장이 고개를 끄덕였다.

이번 의뢰는 꽤 중요한 의뢰였다.

남궁벽은 월문의 VIP였다. 이번 의뢰를 성공하면 각종 보상을 받을 수 있을 것이다.

"그럼 목표물에 접근한다. 혹시 무슨 일이 생긴다면 5분 안에 돌아오도록."

"네."

학교에 잠입하는 것은 생각보다 쉬웠다.

칠조는 경비원으로 위장했다는 보고를 받았다.

오조장은 목표물이 학교로 들어가는 것을 보고 학교로 들어갔다.

아영을 내려준 차가 옆에 서 있었지만 오조장은 신경조차 쓰지 않았다.

"선생님!"

왜냐하면 오조장의 실제 신분은 강남 고등학교의 한문 선생님이기 때문이다.

"왜 그러십니까?"

지예천은 우주가 선생으로 보이는 남자를 주시하는 것을 보고 물었다.

"아니야. 생각보다 레벨이 높은 사람이 있어서 말이야."

[신민혁]
LV : 25

우주는 '투시'로 강남고등학교의 선생으로 보이는 자의 레벨을 파악했다. 일반인 치고는 꽤 높은 수준이었기에 우주로서는 유심히 관찰할 수밖에 없었다.

"놈들입니까?"

"음, 모르겠어. 학생들을 대하는 태도를 봐서는 아닌 것 같은데……."

살수가 학생들을 향해서 저렇게 웃을 수 있다는 말은 들어보지 못했다. 만약 저 선생이 위장한 살수라면 월문에 대해서 다시 검토해야 한다고 생각했다.

"일단 외부는 클린한 것 같은데, 내부는 혹시 모르잖아."

"그래도 내부는 유능하신 상급 초이스들에게 맡겨두었으니 걱정 없을 거야."

"이렇게 상급 초이스들을 활용하셔도 되겠습니까?"

아영의 보호를 위해 초이스 아카데미의 상급 초이스들을 움직인 것은 어쩌면 위험을 초래할 수도 있었다.

미래에 아카데미를 졸업한 교육생들이 다른 기업으로 가서 UN그룹을 위협하려고 우주의 가족들에게 접근할 수도 있다.

"괜찮을 거라고 생각해. 나중 일은 나중에 생각하자고."

우주의 말에 지예천이 조용히 고개를 끄덕였다.

일부러 시선을 끌기 위해서 내부는 다른 녀석들에게 맡겼다. 우주가 장담한 녀석이라면 믿을 수 있다고 지예천은 생각했다.

"얼른 나타나 보시지."

* * *

"정말, 이렇게 안 하셔도 되는데……."

이주영의 말에 권창우가 고개를 저었다.

만약 이주영의 신변에 무슨 일이 생긴다면 우주를 볼 면목이 없었다.

월문의 살수들에 대해서는 권창우도 익히 알고 있었다.

기상천외한 수법으로 대상을 암살한다는 월문이 어떻게 이주영에게 암수를 뻗어올지 몰랐다. 때문에 권창우는 지금 전신의 감각을 곤두세운 상태였다.

양손에 장바구니를 들고 말이다.

"괜찮습니다. 오늘은 제가 지예천의 대타니까요."

"호호. 그럼 먹고 싶은것 있어요? 만들어 드릴게요!"

이주영을 따라 장을 보러 온 권창우는 마트의 모든 재료를 쓸어 담는 이주영을 보며 내심 대단하다고 생각했다.

무엇을 만들지도 정하지도 않은 채 이렇게 재료를 살 수 있다는 사실에 놀랐고, 매번 마트에 따라왔을 지예천에게 감탄했다.

"무엇을 만들어주셔도 맛있게 먹을 수 있습니다."

"그러지 마시고……."

카운터에서 계산을 하고 주차해놓은 차로 다가가던 권창우는 짧게 느껴진 살기에 반응했다.

월문에서 권창우를 모를 리가 없었다.

그럼에도 불구하고 이렇게 살기를 쏘아 보낸다는 것은 함정이 분명했다. 권창우는 느껴지는 살기를 계속 신경 쓰면서 차에 짐을 담기 시작했다.

찌릿.

이번에는 반대방향이었다. 지속적으로 살기를 보내오는 것이 수상했지만 권창우는 계속해서 녀석들을 무시했다.

녀석들을 무시하면서 이주영을 조수석에 태운 권창우가 차를 출발하려고 했다.

부아앙!

그때 차량 한대가 권창우가 탄 차를 향해서 돌진했다.

설마 대형마트의 주차장에서 저렇게 대놓고 돌진을 할 줄은 몰랐다. 당황했지만 권창우는 재빠르게 차 유리를 향해서 주먹을 내질렀다.

"꺅!!"

이주영의 비명소리와 함께 권창우의 권기가 차 유리를 뚫고 달려오던 차량과 부딪혔다. 기를 조정해서 유리를 통과해서 권기를 발출한 상승의 수법이었다.

달려오던 차량이 권기와 부딪혀서 방향을 트는 것을 본 권창우가 액셀을 강하게 밟았다.

녀석들의 목표는 이주영이었다.

―차량에 있는 놈. 생포.

차를 출발하면서 권창우가 전음을 누군가에게 날렸다.

권창우가 빠르게 도망치자 근처에 숨어 있던 차량과 오토바이가 권창우가 타고 있는 차량을 쫓기 시작했다.

"대대적으로 걸려도 상관없다는 건가?"

'초이스들의 일은 초이들끼리 해결하라'는 초이스 법령으로 인해 민간인들에게 피해를 주지 않는 선에서 초이스들끼리의 싸움이 횡횡한다는 소문이 있었는데, 이걸 이런 식으로 역이용 당할 줄은 몰랐다.

권창우는 강남고등학교로 노선을 잡고 달리기 시작했다. 여기가 시작되었으면 학교에 있는 아영에게도 무슨 일이 생겼을 것이다.

이왕 서로 노려진다면 같은 곳에 있는 편이 보호하기가 더 쉬웠다.

"괜찮은 거지?"

이주영이 걱정스러운 눈빛으로 권창우를 바라보면서 말

했다. 권창우는 그런 이주영을 향해서 웃으면서 대답했다.

"물론이죠."

지금쯤 지원팀이 움직이기 시작했을 것이다.

모든 것은 계획대로 흘러가고 있었다.

* * *

"나타났습니다."

"저격준비 완료."

"쏴."

"Roger That."

탕!

사인을 받은 김한우가 망설임 없이 스나이퍼의 방아쇠를 당겼다. 오토바이를 몰고 가던 한 사람의 어깨에서 피분수가 터지면서 오토바이가 전복됐다.

"다음."

"뒤에서 차량 두대가 더 접근 중입니다."

"적당히 위협사격만 해. 혹시 쫓아오지 않으면 문제니까."

김한우는 적설진의 지시대로 차량 근처를 적당히 쏘아대기 시작했다.

"나머지는 후발대가 잡는 건가요?"

"작전대로만 된다면. 아직 강남고등학교에서는 아무 일도 일어나지 않은 것 같으니까."

이번 작전에 우주와 권창우는 초이스 아카데미 상급팀과 최하급팀. 아니, 초이스 신입팀을 십분 활용했다.

적이 아영과 이주영에게 접근했을 때의 작전을 몇 가지 짜놓고 중간에 작전을 변경하는 식으로 행동하기로 했다.

지금까지는 어느 정도 작전대로 움직여주고 있었다.

"일단 잘 끌고 가는 것 같으니까. 우리는 다음 작전 장소로 이동한다."

"네. 알겠습니다."

이 배치 역시 강태풍이 짜 놓은 배치였다.

결전의 장소는 강남고등학교였다.

아영이가 납치당할 뻔 했던 CCTV의 사각지대.

그곳이 결전의 장소가 될 것이라고 강태풍은 예견했다.

그 말이 맞을지는 미지수였지만 우주는 강태풍을 신뢰하고 작전을 짜기 시작했고, 지금 월문이 움직이자 초이스들은 강태풍의 작전대로 움직이고 있었다.

* * *

"이상하군."

박우주의 어머니와 여동생 중 하나만 납치해도 충분하다는 의뢰인의 요청에 분명 이주영을 먼저 치기로 하고 연락을 받기로 했다.

지금쯤이면 연락이 왔어야만 했는데 아직 너무 조용했다. 신민혁은 학교에 잠입한 살수들에게 연락을 취해야 할지 고민했다.

그러나 이내 고개를 가로저었다.

괜한 걱정일 수도 있지만 신민혁의 눈에 보이는 아영은 정말 무방비 상태였다.

마치 납치할 수 있으면 해보라는 듯이 말이다.

얼마 전에 납치당한 아이치고는 얼굴이 너무 밝은 것도 이해할 수 없는 일이었다.

누군가에 대한 확고한 믿음이 있는 얼굴이었다.

박우주를 믿기에는 조금 무리가 있었다.

일단 교내에 없었으니까.

그렇다면 암중 호위가 있다는 말인데 신민혁은 아영의 근처에서 그러한 낌새를 느끼지 못했다.

'육조장이 실패한 건가?'

실패했다면 오조에서 박아영을 무슨 일이 있어도 납치해야만 했다. 그렇지 않으면 지금까지 누려왔던 모든 것을 송두리째 잃을 수도 있었다.

마음이 점점 급해졌지만 신민혁은 침착함을 유지했다.

흥분하면 이 승부는 진 것이다.

신민혁은 그렇게 생각했다.

"일단 기다려야지."

50

육조가 실패했으면 오조가 성공하면 된다.

그리고 지금 강남고등학교는 오조의 본거지나 다름없었다. 경비원으로 위장한 칠조장이 어떻게 잡혔는지 모르겠지만, CCTV의 사각지대에서 박아영을 쥐도 새도 모르게 납치하는 것은 일도 아니었다.

다만, 아무에게도 들키지 않고 어떻게 박아영을 학교 밖으로 데리고 갈 수 있는지가 문제였다.

만약 이런 상황에서 박아영에게 비밀 호위가 붙어 있다면 더 골치 아파진다.

만약 비밀 호위가 있었는데 그 호위의 위치를 감지하지 못한다는 것은 호위보다 신민혁이 약하다는 말이었다.

그렇다면 괜히 긁어 부스럼을 만들 필요는 없었다.

―아직까지는 조용합니다.

―그 선생, 신경 쓰도록 해.

―네. 알겠습니다.

우주는 강남고등학교가 내려다보이는 빌딩 옥상에서 최민수에게 귓속말을 시전했다.

최민수 역시 메시지 마법으로 우주와 의사소통을 했다.

우주는 아영의 비밀호위로 마법사인 최민수를 선택했다. 투명화 마법과 플라이 마법을 통해 하늘에서 아영을 관찰한다면, 그녀의 반경에 들어오는 사람들 모두를 감시할 수 있었다.

그러기 위해서는 최민수의 마나가 충분해야만 하는데,

이건 우주의 스킬인 '알코올 체인지'와 '알코올 타임'을 활용했다.

술병에 우주가 가진 기를 담아서 최민수에게 전달하는 것으로 해결이 되었다.

그렇게 우주의 지시를 받은 최민수는 아영에게 붙어 끊임없이 주위를 살피고 있었다.

최민수는 그중에서도 레벨이 25나 된다는 신민혁이라는 이름을 가진 선생을 주시하고 있었다.

확실히 걸음걸이부터 다른 초이스들과 달라보였다.

최민수는 신민혁이 의심스러웠지만 아무런 행동도 취하지 않았다.

그가 맡은 임무는 끝의 끝까지 지켜보는 것.

정말로 아영이가 위험할 때 등장하기로 우주와 약속했다. 나머지는 우주와 데리고 온 초이스 교육생들에게 맡기기로 했다.

우주는 멀리서나마 아영을 주시했다.

한편, 아영은 근처에 살수들이 있으리라고는 생각도 못한 채로 경은을 만났다.

"경은아. 전에는 미안!"

"응? 뭐가?"

"전에, 나 때문에 괜히 너까지 위험에 처할 뻔 했잖아."

"아아, 괜찮아. 덕분에 새로운 경험을 할 수 있어서 좋았어."

경은이가 웃으면서 말하다가 갑자기 생각났다는 듯 아영에게 물었다.

"아… 그런데 저번 같은 일이 또 벌어지는 건 아니지?"

"에이. 설마~!"

'그런 일이 있을까봐 오빠랑 남친이 밖에서 대기 중이다'라는 말은 차마 입에 담지 못한 아영이었다.

그녀는 안색 하나 바꾸지 않고 웃으면서 이야기를 이어 나갔다.

"그 저번에 썼던 화장품 말이지…….'

한편, 강남고등학교로 향하는 권창우와 이주영을 쫓고 있는 월문의 육조장은 생각에 생각을 거듭했다.

녀석들이 향하는 방향으로 봐서는 강남고등학교로 가고 있는 것 같았다.

그곳에 있는 오조장과 함께 저들을 칠 것인지 아니면 여기서 그만 후퇴할 것인지 고민했다.

생각보다 피해가 컸다.

어디서 쐈는지조차 알 수 없는 저격과 이주영의 호위로 붙어 있는 권창우의 무공이 생각보다 뛰어났다.

그리고 또 예상을 벗어난 것은 권창우의 운전 실력이었다.

"저놈들 운전 실력을 자랑할 때는 언제고!"

육조에 속해있는 살수들이 따라잡을 수 있다고 해서 시작한 작전이었다. 이렇게 시간이 오래 걸릴 줄 알았으면 시작도 하지 않았을 것이다.

육조장 역시 권창우를 따라가고 있었지만 이젠 한계였
다.

"젠장, 어떻게 해야 하지."

월문의 육조장은 오조장에게 연락을 취해야하는지 심각
하게 고민하기 시작했다.

"하아… 어쩔 수 없지. 신민혁에게 전화 연결해."

─신민혁님께 전화를 연결합니다.

차에 내장되어 있는 음성인식 프로그램에 따라 자동으로
신호음이 흐르는 것이 들렸다.

그리고 육조장은 액셀을 더 강하게 밟았다.

─여보세요.

"어, 난데. 일이 좀 꼬였다."

─빨리 설명해.

오조장의 말에 육조장이 이주영을 쫓고 있는 상황을 대
충 설명하기 시작했다.

상황파악이 끝난 오조장이 말했다.

─후퇴해. 함정이야.

"하지만……!"

─스나이퍼가 대기하고 있었다면서? 그럼 이미 적들은
너의 작전을 예상했다는 말이다. 다음 기회를 노려. 애들
잘 챙기고.

"알겠다."

육조장은 오조장의 말을 수긍했다.

그리고 분한 듯 주먹으로 핸들을 내리쳤다.

월문에서의 실패는 승진에 영향을 미친다.

지금의 위치를 만족하지 못하는 육조장, 이준식은 UN그룹의 회장을 떠올렸다.

이번 의뢰는 무슨 일이 있어도 성공시키겠다고 다짐하면서 말이다.

레드 드래곤 테리우스

"월문의 살수들이 철수하고 있다고 합니다."

권창우에게 연락을 받은 지예천이 우주에게 말했다.

누구의 판단인지 모르겠지만 만약 이주영을 노렸던 살수들이 강남고등학교까지 접근했다면 일망타진할 수 있었을 것이다.

"안에는 아무 이상이 없는 것 같은데, 녀석들이 눈치챈 건가?"

"상공에 있는 최민수를 눈치채지는 못했을 것입니다. 하지만 무언가 이상한 낌새는 느꼈을 수도 있습니다."

"너무 풀어줬다는 건가."

살수로서의 감이 작용했을 수도 있고 다른 이유가 있을 수도 있었다.

어차피 문제될 것은 없었다.

"창우 쪽에서 생포한 살수는?"

"둘 정도 사로잡았다고 합니다."

"녀석들에게 알아낼 수 있었으면 좋겠군."

이번 작전의 목표는 월문의 살수를 생포하는 것이다.

원하는 것은 이루었으니 만족할 만한 성과를 거둔 것이나 다름없었다.

아영을 노리지 않은 것은 의외였으나, 생포한 살수를 털어서 곧 월문의 총타를 알아낼 수 있을 것이다.

"어려울 수도 있습니다."

월문의 살수들이 독한 놈들이라는 것을 알고 있었기 때문에 지예천은 큰 희망을 가지지는 않았다.

우주 역시 지예천이 무엇을 걱정하는지 알고 있었다.

"그렇겠지. 하지만 어렵더라도 이번 기회에 알아내야만 해."

더 이상 가족을 미끼로 삼을 수는 없었다.

우주는 아영이 학교를 마치면 생포한 살수들이 있는 곳으로 가봐야겠다고 생각했다.

그렇게 날이 저물었다.

아영이 학교를 마칠 때까지 아무런 일이 없자 우주는 아영을 지예천에게 맡기고 생포한 살수들을 가둬둔 곳으로

향했다.

"오셨습니까."

살수들을 가둬둔 곳에 도착하자 다섯 직원과 남궁민이 우주를 반겼다.

"이놈들… 지독한 놈들입니다. 끝까지 아무 말도 안하더군요. 한놈은 깨어나자마자 자살 시도를 해서 급히 응급처치를 했습니다."

손과 발이 묶인 채로 거의 빈사상태나 다름없는 살수들을 우주는 쳐다보았다.

"깨워."

"네."

우주의 말에 강용기가 살수들을 향해서 물을 뿌렸다.

"푸흡."

힘겹게 눈을 뜨는 살수를 보고 우주가 씨익 웃었다.

"죽여라!"

"남자에게 쓰긴 아깝긴 하지만, 지금은 어쩔 수 없지. 스킬 '딤플' 시전."

우주가 살수에게 악마의 미소를 날렸다.

[스킬 '딤플'을 시전합니다. 보조개의 유혹, 그 누구라도 단 한번 유혹할 수 있습니다.]

살수의 눈빛이 몽롱해졌다.

우주에게 완전히 유혹당한 살수의 표정을 보고 다섯 직원은 소름이 돋았다.

"월문의 총타는 어디에 있지?"

"모릅니다."

모른다는 살수의 말에 우주는 자신의 실수를 깨달았다.

생각해보니, 잔챙이가 아는 것이 많지는 않을 것이다.

"쳇. 그럼 너희 대장은 지금 어디에 있어?"

"월문 육조장, 이준식은 서울에서 주짓수 도장을 운영하고 있습니다. 그곳이 월문 육조의 본거지입니다."

쓸 만한 정보를 알아낸 우주가 눈짓했다.

신지수가 우주의 신호를 알아채고 어딘가로 전화를 걸었다.

"너희에게 내 가족을 납치하라고 의뢰한 사람이 누구인지 알고 있나?"

"중국무림협회 회주, 남궁벽."

예상대로였다.

우주가 계속해서 질문을 하려고 하는 찰나에 살수의 고개가 푹 숙여졌다. 아무래도 기력이 다한 것 같았다.

"아쉽군."

그래도 얻을 수 있는 정보는 다 얻은 것 같아서 다행이었다.

"그럼 지금부터 복수를 시작해볼까?"

우주의 가족을 건드린 대가는 컸다.

깊은 밤, 서울에 위치한 한 주짓수 도장에 여러 명의 인영들이 내려섰다.

"이곳인가?"

"살수치고는 너무 평범하게 사는것 아닙니까?"

우주를 필두로 한 권창우, 남궁민, 지예천.

네 사람이 발소리를 죽이고 주짓수 도장에 잠입했다.

"느껴지는 기운이 하나도 없는데요?"

살수들이 생포되었다는 사실을 깨닫자마자 거주지를 이전한 것 같았다. 불과 며칠 전까지 사용했던 흔적이 남아있었다.

"허탕이네."

우주는 월문의 살수들이 떠났다는 것을 알게 되자 아쉬운 표정을 지었다.

*　*　*

"월문에서 손을 떼겠다고 합니다."

"뭐?"

허리춤에 차고 있던 애검을 만지작거리던 남궁벽이 움직임을 멈췄다.

평생을 굳은 일을 도맡아 처리해주던 월문이 처음으로 남궁벽에게 반기를 든 것이다.

"박우주의 약점인 가족들을 습격하러 보냈던 한국에 파

견해 두었던 월문의 살수들이 실패했다고 합니다. 더 이상 UN그룹과 관련된 의뢰는 받지 않겠답니다."

"월문이 겁을 먹었다는 말인가?"

남궁벽은 아들인 남궁진을 이해할 수 없다는 표정으로 쳐다보았다.

"그게 아니라면, 구파일방에서 손을 썼을 수도 있습니다. 어떻게 하시겠습니까? 곧 회의 시간입니다."

"월문에서 손을 떼었다면 직접 가야겠지. 아마 이번 회의 때 구파일방이 꽤나 날 물어뜯을 것이다. 생각해둔 수가 있긴 하니까 너무 걱정하지 말도록……."

"네. 알겠습니다."

남궁진은 고개를 숙였다.

그의 아버지인 남궁벽은 항상 이런 식이었다.

어릴 때부터 엄격한 가정교육을 받은 남궁진은 아버지의 말에 수긍하는 것 외에 다른 방도가 없었다.

남궁벽이 일어나서 회의장으로 입장하자, 남궁진은 조용히 그의 뒤를 따랐다.

남궁벽이 회의장으로 들어가서 상석에 앉았다.

회의장 원탁에는 이미 오대세가와 구파일방의 장문인들이 모두 착석해 있었다.

"그럼 중국무림협회의 정기 회의를 시작하도록 하겠네."

"크흠… 회주. 왕치안이 당했고, 그가 가지고 있던 중국

64

무림협회의 지분을 한국인 초이스에게 빼앗겼다는 소문
이 사실입니까?"

회의를 시작하자마자 남궁벽을 몰아세우는 질문에 그는
꿀 먹은 벙어리처럼 아무 말도 할 수 없었다.

"회주! 뭐라고 말이라도 해주세요!!"

"자자. 진정하세요."

"지금 진정하게 생겼습니까!!"

계속해서 구파일방의 수장들이 남궁벽을 몰아세우자 제
갈세가의 제갈기가 진정을 시키려고 했다.

그러나 오히려 제갈기에게 언성을 높이는 점창파의 장문
인을 보고 제갈기는 안색을 굳혔다.

평소였다면 점창파의 장문인은 제갈기의 말에 대꾸도 못
했을 것이다.

"사실입니다."

제갈기가 뭐라고 하려던 찰나에 중국무림협회의 회주,
남궁벽이 입을 열었다.

"왕치안이 가지고 있던 지분 25%가 UN그룹의 박우주
에게 넘어갔습니다."

"허, 아미타불. 회주. 그 말이 지금 무슨 뜻인지는 알고
계신 거겠죠?"

이번에는 소림의 방장이 입을 열었다.

남궁벽이 왜 모르겠는가.

오대세가보다 영향력이 약하던 구파일방이 지금을 기회

로 삼아 그를 끌어내리려고 할 것이 분명했다.

"알고 있습니다. 왕치안이 빼앗긴 지분, 제가 직접 찾아 오도록 하겠습니다."

"그전에······!"

화산파의 장문인이 언성을 높였다.

"저희 중국무림협회의 이름에 먹칠을 한 것에 대해서 회주는 책임을 지셔야겠습니다."

남궁벽은 올 것이 왔다고 생각했다.

이미 왕치안과 모용진이 당해서 오대세가의 영향력이 반토막 났다는 소문이 퍼질 때로 퍼진 상태였다.

이대로라면 회주자리를 포기해야 할 수도 있었다.

남궁세가주, 남궁진은 남궁벽이 말했던 한수가 무엇인지 궁금해졌다.

그만큼 절체절명의 상황이었다.

"저는······."

"회주님. 큰일 났습니다!!"

남궁벽이 무어라 말하려던 찰나에 회의실 문이 열리고 전령으로 보이는 무인이 들어와서 소리쳤다.

"네 이놈! 지금 회의 중인 것이 안 보이더냐!!"

"죄송합니다! 하지만 상황이 상황인지라······."

숨을 몰아쉬는 무인을 보고 제갈기가 물었다.

"무슨 일인지 말해 보거라."

"아. 지금 협회로 누군가가 쳐들어왔습니다!!"

"뭣이?!"

회의장에 있던 각 문파의 수장들이 회의장 밖으로 나왔다.

그리고 눈앞에서 펼쳐진 광경에 경악을 금치 못했다.

붉은 빛이 한번씩 번쩍일 때마다 수하들이 이곳저곳으로 날아가고 있었다.

* * *

"월문은 철수한 것일까?"

매일 경호할 수도 없는 노릇이었다.

초이스 아카데미의 교육생들은 마저 교육을 수료해야만 했고, 권창우도 밀린 UN그룹의 업무를 처리해야만 했다.

결국 다시 경호는 지예천에게 맡긴 후, 우주는 UN그룹으로 복귀를 했다.

아영에게는 지예천이 있으니 걱정이 없었지만 이주영을 경호해줄 사람이 필요하다고 생각한 우주는 이주영의 경호를 김예나에게 부탁했다.

"네? 제가요?"

초이스 신입팀에 속한 김예나는 한 사람의 초이스로서 그 능력을 십분 발휘할 수 있을 정도로 성장했다.

말동무도 되고 혹시나 있을 위험에서 최소한의 도움이 될 수 있는 초이스를 한명 붙여놓는 것만으로도 우주는 조금이나마 안심이 되었다.

"좋아요."

김예나로서도 나쁠 것이 전혀 없는 제안이었다.

우주의 어머니와 같이 생활해야 한다는 것이 부담이 될 수도 있었지만 김예나는 오히려 좋았다.

지금이 점수를 딸 수 있는 기회라고 생각했기 때문이다.

"고마워. 아! 이건 선물이야."

우주가 예나에게 내민 선물은 네잎클로버였다.

예나가 행운이 깃든 사물을 좋아한다는 것을 알고 있었기에 그녀를 만나러 오는 길에 열심히 찾아온 것이다.

"선물 고마워요!"

김예나는 감동받은 듯 초롱초롱한 눈빛으로 우주가 건넨 네잎클로버를 바라보았다.

네잎클로버 하나에도 저렇게 감동받는 예나를 보고 우주는 가끔씩이라도 선물을 해야겠다고 생각했다.

그렇게 김예나를 이주영에게 보낸 우주는 텅 비어버린 이 시간을 권왕과 함께 하기 시작했다.

월문이 갑자기 사라져 버린 것은 의외였지만 방해되는 적이 사라진 지금, 이제 남은 것은 남궁벽밖에 없다는 이야기였다.

삭초제근을 하려면 중국으로 가야만했다.

우주는 권왕에게 중국어를 배우기 시작했다.

동시에 왕치안의 지분으로 중국무림협회를 손아귀에 넣

을 계획을 짜기 시작했다.

"남궁벽은 철두철미한 자일세. 그가 남궁세가의 가주에서 오대세가의 수장이 되고 중국무림협회의 회주가 될 수 있었던 배경은 모두 그가 세운 치밀한 계획 덕분이었지."

권왕의 말에 문득 궁금한 것이 생긴 우주가 물었다.

"그렇다면 무공은 그렇게 뛰어나지 않다는 말인가요?"

"그건 또 그렇지가 않다네. 중국 무림에는 삼왕(三王), 이제(二帝), 일황(一皇)이라는 여섯 고수가 존재한다네."

삼왕은 검왕과 도왕 그리고 권왕, 이제는 천제와 마제, 일황은 무황을 일컫는 말이었다.

그중 검왕이 바로 남궁벽이었다.

왕이란 별호가 붙은 만큼 검에 관해서는 그에 필적할 자가 없었다.

"물론 이제와 일황을 제외하고 말이지."

"삼왕보다 이제가, 이제보다 일황이 더 강하다는 말씀이시군요."

"그렇지. 그러나 삼왕을 제외한 나머지는 세상에 모습을 드러내지 않는다네. 사실상 삼왕을 제일 높게 쳐주지."

권왕보다 뛰어난 사람들이 더 있다는 말에 우주는 중국 무림의 사람들도 만만치 않다는 것을 깨달았다.

그리고 그들을 한번 만나보고 싶었다.

알코올 초이스로 완전히 각성한 지금, 그들과 얼마나 승부를 나눌 수 있을지 궁금했다.

"어쨌든 만약 검왕이 이곳으로 온다면 그때는 제가 나서겠습니다."

"그래주시겠어요?"

"물론이죠."

권창우로부터 왕씨세가의 일을 들은 권왕은 왕씨세가의 영향력을 약화시킨 우주가 고마웠다.

우주의 활약으로 이제 다시 황보세가가 오대세가의 반열에 오를 수도 있었다.

"그럼 부탁드리겠습니다."

* * *

"제발, 살려주세요…….."

권여정은 죽음의 위기에서 삶을 갈구하고 있었다.

자신이 왜 이런 위기에 처한 것인지 이해할 수가 없었다.

'이 모든 것은 전부 오빠 때문이야!'

권여정은 자신을 내쳤던 권창우를 떠올리면서 눈물을 흘렸다. 그러나 그를 원망하기 전에 이곳에서 살아나가는 것이 먼저였다.

"재미있는 인간이구나. 머릿속에 잡생각이 가득해. 궁금하구나, 네가 원망하는 이가."

붉은 머리의 남자는 권여정을 내려다보면서 흥미로운 눈빛을 보였다.

마음속으로 생각하는 것이 읽히고 있었다. 권여정은 어쩌면 살 수 있는 방법을 찾았다고 생각했다.

"권…창우. 권창우! 제 오빠입니다."

"친오빠를 그리도 미워하다니, 궁금하구나. 네 오빠는 대체 어떤 인간인지 말이야."

"제, 제가 오빠가 있는 곳으로 데려다드리겠습니다."

붉은 머리의 남자는 권여정을 바라보면서 고개를 끄덕였다. 그에게 인간이란 호기심을 충족시키기 위한 생물일 뿐이었다.

그렇게 권여정은 붉은 머리의 남자를 이곳까지 안내했다. 처음부터 권창우에게 데려갈 수 있었지만 권여정은 그렇게 하지 않았다.

"이곳이라면 내가 편하게 위장할 수 있다는 말이지?"

"네. 그렇습니다. 테리우스님이 원하시는 유희를 이곳에서 시작하면 될 것 같습니다."

"좋아."

권여정은 붉은 머리칼을 휘날리는 남자를 보면서 마른침을 삼켰다.

이 남자에게 밉보이는 순간, 끝이었다.

"이곳을 점령하시면 중국 무림의 모든 힘을 손에 넣으실 수 있을 겁니다."

끄덕끄덕.

남자는 고개를 끄덕이고 중국무림협회를 향해서 단신으

로 돌진했다. 그리고 그 뒤를 권여정이 천천히 뒤따랐다.

"네 이놈!!"

붉은 머리의 남자, 테리우스가 검을 들고 날아든 점창파의 장문인을 보고 손가락을 튕겼다.

손가락에서 발출된 폭발이 점창파 장문인의 검을 터뜨렸다.

"크아악!!"

비명을 지르며 날아간 점창파 장문인을 보고 테리우스가 뒤에 있는 권여정에게 물었다.

"누구지?"

회의실에 있던 모두가 밖으로 나와서 점창파 장문인을 손쉽게 처리한 테리우스를 바라보고 있었다.

"저기, 저 청포를 입고 있는 사람입니다."

"권여정?"

남궁벽이 권여정을 알아보고 중얼거렸다.

테리우스는 권여정이 말한 청포를 입은 놈을 구속했다.

"아니?!"

몸이 움직이지 않자 남궁벽은 내공을 사용해서 몸을 움직이려고 했다. 하지만 아무리 내공을 쏟아 부어도 자신의 몸을 구속하는 힘에 대항할 수 없었다.

심지어 허공에 뜬 상태로 테리우스의 앞으로 이동한 남궁벽은 떨리는 눈빛으로 테리우스를 바라보았다.

이놈은 괴물이었다.

여기까지 끌려오는 동안 남궁벽은 아무것도 할 수 없었다.

"네가 이곳의 왕이지? 내 말만 들으면 살려줄게."

테리우스의 말에 남궁벽은 난생 처음 죽음이라는 단어를 떠올렸다.

남자가 자신을 죽이고자 마음을 먹는다면 정말 죽을 수 있다는 생각이 들었다.

"헛소리하지 마라!"

남궁벽이 공포를 맛보고 있을 때, 뒤에서 소림의 방장, 효효대사가 소리쳤다.

스윽.

그러자 테리우스가 고개를 돌려서 효효대사를 바라보았다.

"네놈, 기분 나쁜 기운을 가지고 있구나. 그렇게 죽고 싶다면 죽여주마."

테리우스가 효효대사에게 시선을 주자 효효대사의 코에서 피가 흘러내리기 시작했다.

"방장님!"

"대체 어떻게······."

효효대사는 그 말을 끝으로 숨을 거뒀다.

바닥에 털썩 쓰러진 효효대사의 전신에서 피가 흘러나왔다.

"사, 사술이다!"

누군가가 소리쳤다.

효효대사정도 되는 무인이 싸워보지도 못하고 명을 다했다.

그 사실에 충격을 받은 무인들이 남궁벽을 바라보았다.

현재 중국무림협회의 수장이자, 검왕이라는 별호를 가지고 있는 남궁벽이라면 다를 것이라고 생각했기 때문이다.

"순순히 항복하는 게 좋을 거예요. 회주님."

남궁벽은 테리우스의 뒤에서 나타난 권여정을 보고 두 눈을 부릅떴다.

어째서 권여정이 이곳에 있는 것인지 궁금했다.

남궁벽은 이를 악물고 고개를 끄덕였다.

소림의 방장을 일수에 죽일 정도의 실력이면 자신 역시 마찬가지일 것이다.

"성함을 여쭤보아도 되겠습니까?"

"테리우스."

"중국무림협회 회주, 남궁벽이 테리우스님을 뵙습니다."

모든 무인들의 시선을 받고 있던 남궁벽이 서서히 무릎을 꿇었다.

살아남기 위해선 굴복할 수밖에 없었다.

"이거면 된 거지?"

"물론이죠!"

테리우스는 권여정을 보고 말했다.

참 한결같이 시키면 생각을 하는 인간 여자였다.

이번 유희도 재미있을 것 같다고 테리우스는 생각했다.

* * *

권여정은 권창우의 제안을 거절하고 무작정 다시 중국으로 가는 비행기에 몸을 실었다.

남궁민까지 UN그룹에 넘어간 이상, 권여정은 한국에 있을 필요가 없었다.

그렇게 중국에 있는 집에 도착한 권여정은 그날부로 우주에게 복수의 칼날을 갈았다.

권창우도 남궁민도 박우주라는 놈에게 홀려서 자신을 멀리하게 되었다고 생각했기 때문이다.

박우주보다 더 강한 사람을 찾아야만 했다. 그렇게 권여정은 강한 무공을 가진 사람들을 수소문했다.

일황, 이제, 삼왕.

적어도 이들 정도의 이름값은 있어야지 우주를 상대할 수 있을 것 같았다.

그렇게 수소문을 하던 와중에 권여정은 이제 중 한명인 천제에 대한 소문을 듣고 이곳까지 오게 되었다.

자연밖에 없는 곳.

운남성에 위치한 이곳에 천제가 있다는 소문을 듣고 권

여정은 혈혈단신의 몸으로 산을 올랐다.

"헉… 헉. 대체 이런 곳에서 어떻게 지내는 건지."

복수를 위해서 찾아가는 길이었기에 고된 여정이었지만 참고 힘을 낼 수 있었다.

"참았는데, 여기까지 왔는데!!"

천제가 있다는 말에 이곳까지 무작정 왔건만 아무도 살고 있지 않았다. 권여정은 산의 정상에서 주저앉았다.

텅 비어 있었다.

힘겹게 올라온 것치고는 소득이 없었다.

권여정은 한숨을 푹 쉬었다가 일어났다.

힘들긴 했지만 이렇게 실망하고 있을 시간도 없었다.

"누군데 내 집에서 한숨을 쉬고 있는가?"

그때 누군가 권여정의 뒤에 나타났다. 권여정은 갑자기 들리는 목소리에 흠칫하며 뒤를 돌아보았다.

"응?"

흰수염을 길게 기른 초로의 노인이 수염을 쓰다듬으면서 권여정을 바라보고 있었다.

"호, 혹시 천제님이신가요?"

노인은 천제라는 말에 눈을 가늘게 떴다.

이런 여자아이가 왜 천제를 찾는 것인지 궁금했다.

또한 천제가 이곳에 있다는 소문이 퍼졌다는 사실이 불쾌했다.

'어떤 놈이지?'

노인은 그렇게 생각하면서 입가에는 미소를 지었다.

"그래, 내가 천제다. 무슨 일로 이곳까지 온 것이냐. 내가 여기에 살고 있다는 소리는 누구에게 들은 것이냐?"

권여정은 천제를 만났다는 사실에 또 눈물을 흘리기 시작했다. 갑자기 울음을 터뜨리는 권여정의 모습에 당황한 천제가 권여정을 달랬다.

"아니, 아이야. 뚝!"

한바탕 눈물을 게워낸 권여정이 정신을 차리고 천제에게 무릎을 꿇었다.

"부탁이 있습니다."

사연이 있어 보이는 권여정의 태도에도 천제는 침묵을 지켰다. 권여정은 천제의 반응이 생각했던 반응이 아니자 구구절절하게 사연을 털어놓았다.

사연을 듣는 와중에도 천제의 표정은 동일했다.

여정은 살짝 거짓말을 보탠 사연이 천제에게 먹힐 것이라고 생각했다. 그런데 천제가 아무 말도 없이 권여정을 바라만 보자 불안해졌다.

"미안하지만 네가 어떤 사연을 가졌든 난 도와줄 수 없단다."

권여정은 천제의 말에 어금니를 꽉 깨물었다.

"왜입니까! 당신정도 되는 무인이 왜 이런 산에 처박혀 있는 것입니까!!"

천제는 권여정의 말에 입술을 깨물고 등을 돌렸다.

"이곳에 세상이 모르는 강대한 몬스터가 있다. 난 그 녀석이 밖으로 나가는 것을 막아야만 한다."

"몬스터요?"

천제의 갑작스러운 고백에 권여정은 주변을 둘러보았다. 이런 황량한 곳에 천제가 직접 막아야 할 정도로 강대한 몬스터가 산다니, 그런 이야기는 들어본 적이 없었다.

아니, 그 이전에 몬스터 한마리에게 천제가 쩔쩔매고 있다는 사실을 권여정은 믿을 수가 없었다.

"그래. 세상에서 제일 포악하고 이기적인 몬스터지, 그 녀석은."

"그깟 몬스터 해치워버리면……!"

"해치울 수가 없으니 내가 이곳에 있지 않겠느냐?"

중국에서 제일 강한 무인인 천제가 해치울 수 없는 몬스터가 있다는 말에 권여정이 두눈을 부릅떴다.

"그 녀석의 이름은 무엇인가요?"

"녀석은 자신을 이렇게 칭하더구나. '드래곤'이라고 말이다."

지상 최강의 몬스터, 드래곤.

천제 단강진은 드래곤을 이곳, 운남성에 묶어두고 있었다.

자신의 진원진기까지 소진하면서 말이다.

천제가 언급한 드래곤을 떠올린 권여정이 두려운 눈빛으로 주위를 둘러보았다.

드래곤이라면 용과 버금가는 존재라고 들었다.

물론 실제로 본 적은 없었지만 무시무시한 존재라는 것만은 확실했다.

"그 드래곤은 어디에 있는 건가요?"

—나를 찾는 건가?

권여정의 등뒤에서 한 남자가 나타나 느닷없이 말을 걸었다. 권여정은 화들짝 놀라 뒤를 돌아봤다.

"당신은……?"

"테리우스. 무슨 일로 여기까지 나온 것이지?"

—흥. 모처럼 찾아온 인간인데 호기심이 동할 수밖에 없지.

테리우스라고 불린 붉은 머리의 남자를 보고 권여정은 뒷걸음질 했다.

말로 하는 것이 아닌 머리로 전해지는 음성의 정체는 말로만 들었던 혜광심어인 것 같았다.

—혜광심어? 그런 거 난 몰라. 이건 마법이지.

권여정은 자신의 마음을 읽는 이 사내의 정체를 묻기 위해 단강진을 돌아보았다.

"레드 드래곤, 테리우스. 녀석의 이름이지."

중국으로

　조용했다. 월문이 철수한 이후, 우주는 남궁벽이 직접 쳐 들어 올 것으로 예상했다.

　헌데 조용해도 너무 조용했다.

　"중국무림협회가 너무 조용한데요?"

　"무슨 일이 생긴 건가?"

　월문이 더 이상 가족들을 노리지 않는다는 사실을 깨닫 는 데는 많은 시일이 필요치 않았다.

　하지만 혹시 '다시 공격해 오지 않을까'하는 생각 때문에 우주는 큰 결심을 했다.

　박준우, 이주영, 박아영을 한곳에 모은 우주는 떨어지지 않는 입을 억지로 떼었다.

지예천과 김예나가 가족들의 곁을 지키고 있었다.

김예나는 이주영의 경호원으로 파견되어 그녀를 보필했다.

김예나는 김비서가 자신이 초이스 아카데미에 들어가기 전에 어떤 마음이었을지 이해할 수 있었다.

그래도 이주영과 김예나, 모두 낯을 가리는 성격도 아니었고 김예나가 말을 많이 붙여준 탓에 두 사람은 급속도로 친해진 상태였다.

"아빠, 엄마, 아영아. 정말 죄송하지만 초이스가 되어주시겠습니까?"

이쪽으로 발을 들이게 하고 싶지 않았지만 어쩔 수 없었다. 우주의 가족들도 우주에게 폐를 끼칠 바에야 차라리 초이스가 되어 도움을 주고 싶은 생각이었다.

"와아! 만세!!"

아영은 우주의 말에 기뻐했고, 박준우와 이주영은 웃으며 고개를 끄덕였다.

많은 사람들이 초이스가 되고 싶어 하는 지금 시대에 초이스가 되는 것은 기회라며, 긍정적으로 생각하기로 했다.

"죄송합니다."

하지만 우주는 초이스의 운명을 너무 잘 알고 있었다.

이게 최선일까. 계속해서 고민해 보았지만 우주는 부모

님과 아영이가 잘해낼 것이라 생각했다.

"걱정 마라, 아들아. 우린 네가 생각한 것보다 강하단
다."

"그래도……."

걱정이 되었다.

우주의 옆에서 지예천과 김예나가 우주를 바라보았다.

오늘부터 지예천과 김예나가 초이스가 될 가족들의 훈련
을 맡기로 했다.

"데리고 가겠습니다."

지예천의 말에 우주가 고개를 끄덕였다.

초이스가 되기 위해서는 몬스터를 죽여야만 했다.

어떻게 보면 살인과 마찬가지였다.

우주는 김예나를 불러서 말했다.

"예나야. 스스로 하지 못한다면… 말려."

"응. 그럴게."

지예천과 김예나와 함께 멀어지는 가족들을 보면서 우주
는 주먹을 쥐었다.

가족들을 위협한 남궁벽을 도저히 용서할 수 없었다.

지금은 발을 뺄 수도 있지만 찜찜하게 뒤에 적을 두는
것은 우주의 적성에 맞지 않았다.

"창우야."

"네?"

"중국으로 가야겠다."

남궁벽이 오지 않는다면, 직접 가는 수밖에 없다고 우주는 생각했다. 우주의 말을 들은 창우가 물었다.

"중국무림협회로 쳐들어가겠다는 말씀이십니까?"

중국무림협회를 인수하러 직접 가겠다는 말은 곧 전쟁을 의미했다.

"아니. 더 이상 아카데미 애들을 전쟁에 동원할 수는 없어. 너랑 나. 남궁민과 권왕님까지. 넷이 가자."

넷이서 중국무림협회 전체를 상대하자는 우주의 말에 창우의 동공이 커졌다.

"회장님. 넷이서 중국무림협회 전체를 상대할 수 있다고 생각하십니까?"

"중국무림협회 전체는 무리겠지만 남궁벽 하나 정도는 가능하겠지."

우주가 신경 쓰는 것은 그의 가족을 위협한 남궁벽뿐이다. 중국무림협회가 남궁벽을 처리한 뒤에도 UN그룹을 노린다면 그때는 정말로 중국무림협회와 전쟁을 벌여야 할지도 몰랐다.

"적진입니다. 괜찮으시겠습니까?"

이미 오대세가와는 돌이킬 수 없는 강을 건넌 것과 다름 없었다. 중국으로 우주가 넘어왔다는 정보가 퍼지는 순간, 우주를 척살하기 위해 사력을 다할 것이 분명했다.

"내 가족을 위험에 빠뜨린 놈들이야. 용서할 수 없어."

우주의 단호한 의견에 창우가 고개를 끄덕였다.

어째 우주를 만나고 난 뒤부터는 제대로 쉬어본 적이 없는 것 같다고 창우는 생각했다.

"그럼, 준비하도록 하겠습니다."

"고맙다."

창우는 남궁민과 권왕을 찾으러 나가면서 동생 권여정을 떠올렸다.

어디로 간다는 말도 없이 떠난 동생이 오늘따라 보고 싶었다. 이제는 창우도 알고 있었다.

권여정이 어떤 마음을 먹었는지 말이다. 그래서 초이스 아카데미라는 기회를 준 것이다.

그 기회를 박차고 떠난 권여정이 갈 곳은 어차피 한 곳밖에 없었다.

"간 김에, 들러볼까."

중국은 창우의 고향이었다.

* * *

"그만 들어가지 그래?"

천제 단강진의 몸에서 무형의 기운이 흘러나오기 시작했다.

붉은 머리의 남자는 단강진의 몸에서 나오는 기운을 보고 인상을 찌푸리더니, 짜증을 냈다.

—이때까지 널 살려둔 건 네가 내 호기심을 충족시켜주

었기 때문이다.

붉은 머리의 남자, 레드 드래곤 테리우스의 몸에서도 붉은 기운이 솟았다.

천제는 뭔가 잘못되었다는 것을 깨달았다.

천문의 문주인 자신은 선대의 유지를 이어서 중원의 평화를 지켜오고 있었다.

그러다 세상에 지각 변동이 나타났다.

몬스터가 등장하고 일반인이 능력자가 되는 세상이 되자, 단강진은 가장 먼저 몬스터를 소탕하기 위해서 나섰다.

그렇게 세상을 분주히 돌아다니다가 만난 드래곤, 테리우스.

녀석은 괴물이었다.

단강진은 천문의 힘으로 녀석을 퇴치할 수 있을 것이라 생각했다.

하지만 그건 단강진의 자만이었다.

이트 안에서 만난 드래곤은 흉포했다.

마법을 난사했으며 본체로 변한 드래곤의 위용은 무시무시했다.

그렇게 테리우스와 전투 중에 단강진은 위기에 빠졌지만, 천문의 비기를 이용해 테리우스의 흥분을 가라앉혀서 이성이 돌아오게 만들었다.

이성이 돌아온 테리우스는 단강진에게 흥미를 느꼈다.

그리고 단강진으로부터 이 세계에 대한 정보와 녀석의 힘에 대해서 캐내기로 결심했다.

테리우스의 변덕 때문에 단강진은 살아남을 수 있었다.

그렇게 시작된 인간과 드래곤의 동거는 단강진의 생활을 위주로 돌아갔다. 테리우스가 그걸 원했기 때문이다.

자신의 말을 잘 따르는 테리우스와 며칠 살다보니 단강진은 테리우스를 천문의 비전으로 컨트롤하고 있다고 생각했다.

테리우스가 단강진이 천문의 기운을 쓸 때면 약한 척을 했기 때문이다. 그런 줄도 모르고 단강진은 드래곤인 테리우스를 쓰러뜨릴 수는 없지만, 묶어둘 수 있다고 생각했다.

테리우스가 세상에 나가게 된다면 큰 재앙이 벌어질 것이 뻔했기에 단강진은 스스로 희생을 해서라도 테리우스를 이곳에 묶어두려고 했다.

그러던 와중에 권여정이 이곳을 방문한 것이다.

"뭐라고?"

테리우스의 말을 들은 단강진이 천문의 기운을 더욱 끌어올렸다. 그럼에도 불구하고 끄떡없는 테리우스의 모습에 단강진은 무언가 잘못되었다고 생각했다.

—천제 단강진. 너라는 인간은 자신의 무공에 자만심이 가득한 한심한 녀석이다. 아직도 내가 그깟 무공이라는 것에 컨트롤당하고 있다고 생각하는가?

"뭐라고?!"

테리우스의 목소리에 권여정이 부들부들 떨었다.

드래곤이 내뿜는 살기에 죽을 것만 같았다.

단강진을 노려보던 테리우스가 하얗게 질린 권여정의 모습을 보더니, 살기를 가라앉혔다.

—더 이상 귀찮게 하지마라.

"테리우스!!"

자신을 무시하는 발언에 단강진은 천문에 전해 내려오는 보검, 천검을 뽑아들었다.

천검에서 강력한 빛이 뿜어지기 시작했다.

테리우스는 단강진이 검을 휘두르는 것을 보고 드래곤들의 전유물인 용언을 사용했다.

—데스 킬(Death Kill).

"크억."

—이 세계에서 용언을 사용할 수 있게 된 것은 네가 가르쳐준 심법이라는 것 덕분이다. 그건 고맙게 생각하지. 하지만 너라고 해도 나에게 명령을 할 순 없어. 이제 넌 필요 없다.

단강진은 쓰러지기 직전에 죽을힘을 다해서 검을 휘둘렀다. 하지만 어느새 빛나고 있던 검은 빛을 잃은 지 오래였다.

"내가… 너같은 괴물에게……."

단강진의 전신 모공에서 피가 흘러나오는 것을 본 권여

정이 덜덜 떨면서 테리우스를 바라보았다.

"사, 살려주세요."

* * *

그때 테리우스를 만나지 못했다면 지금 이렇게 남궁벽을 하대할 수 없었을 것이다. 권여정은 테리우스를 만난 것이 정말 다행이라고 생각했다.

"그래서 지금 UN그룹의 회장에게 당하기만 했다는 말인가?"

권여정의 물음에 남궁벽이 고개를 숙였다.

이 자리에 남궁벽이 있을 수 있는 이유는 빠른 선택 때문이다.

남궁벽은 굴욕적이지만 살아 있다는 것에 안도했다.

그날, 효효대사가 죽자 소림은 남궁벽의 지시에 따르지 않고 붉은 머리의 남자를 공격했다.

그 결과는 충격적이었다. 소림파의 멸문.

단 한사람의 힘으로 소림파가 멸문했다.

그 모습을 처음부터 끝까지 지켜본 오대세가와 이제는 팔파일방이 된 구파일방의 장문인들은 남궁벽의 의견을 따르기로 했다. 붉은 머리의 남자에게 무릎을 꿇는 것에 동의한 것이다.

"네. 그렇습니다."

남궁벽은 대답을 하면서 권여정이 왜 박우주에게 관심을 보이는 것인지 궁금해졌다.

"흠. 그럼 녀석을 처리하려면 한국에 가야겠네?"

"네. 녀석이 이곳에 올 이유가 없으니까요."

남궁벽은 대놓고 우주를 처리하겠다는 권여정을 보고 고개를 갸웃거렸다. 권창우가 박우주와 같이 있다는 건 세상 사람들 모두가 아는 사실이었다.

그리고 권여정은 권창우의 동생이었다.

직속 수하의 동생에게 목숨의 위협을 받고 있다는 사실을 알면 과연 박우주가 어떤 표정을 지을지 남궁벽은 궁금해졌다.

"한국? 거긴 또 어디지?"

권여정과 남궁벽의 대화를 듣고 있던 테리우스가 물었다. 한국을 모른다는 소리에 남궁벽이 의아한 듯 테리우스를 바라보았으나 곧 권여정의 눈빛을 보고 고개를 돌렸다.

"오빠가 있는 곳이에요."

"그럼 그곳으로 가면 되는 건가?"

권여정이 뭐라고 하려던 찰나에 남궁벽에게 무인 한명이 다가와서 무언가를 전해주었다.

정보단체의 서신으로 보이자 권여정이 남궁벽에게 물었다.

"뭐지?"

"박우주와 권창우, 권왕과 남궁민이 중국에 왔다는군

요."

남궁벽은 분명 박우주가 자신을 찾아올 것이라 생각했다. 어쩌면 이건 기회였다. 붉은 머리의 남자를 이용해서 박우주를 처리할 수 있을지도 몰랐다.

거기다 권여정의 태도를 보았을 때, 박우주가 목표인 것 같기도 했다.

"갈 필요가 없게 되었네요."

"그래? 그럼 조금 더 기다리지, 뭐."

테리우스의 말에 권여정이 고개를 끄덕였다.

테리우스는 권여정의 마음을 읽으면서 속으로 웃었다.

지금 권여정은 박우주에게 복수하고 싶다는 생각과 권창우는 살았으면 좋겠다는 생각을 하고 있었다.

권창우를 원망하면서도 그만은 살았으면 좋겠다는 심보를 테리우스는 이해할 수 없었다.

테리우스는 빨리 박우주라는 놈과 권여정의 오빠를 만나고 싶어졌다.

* * *

"괜찮으시겠습니까?"

지예천은 고블린 세마리가 묶여 있는 모습을 보고 박준우와 이주영 그리고 박아영을 바라보았다.

"해야지."

박준우가 말했다.

이미 세상에는 초이스가 되는 법에 대해서 퍼질대로 퍼진 상태였다.

몬스터를 죽이면 초이스의 능력을 얻을 수 있다.

이주영과 아영은 박준우가 고블린에게 다가가는 것을 지켜보았다.

지예천은 준비해 두었던 칼을 박준우에게 내밀었다.

"여기 있습니다."

"고맙네."

묶여 있는 고블린들은 잠들어 있었다.

박준우는 살생에 대한 죄책감을 느꼈지만 아들의 짐이 되지 않기 위해서 두눈을 딱 감고 고블린을 찔렀다.

푹—

"끼에엑!!"

발버둥 치던 고블린이 곧 숨을 다했는지 축 늘어졌다.

박준우는 고블린이 죽는 것과 동시에 허공에 보이는 메시지에 시선을 집중했다.

[초이스로 각성합니다. 스테이터스를 개방할 수 있습니다.]

박준우가 메시지창을 보는 것 같자 지예천은 김예나를 돌아봤다. 박준우는 지예천이, 여자들은 김예나가 먼저

이야기를 해보기로 상의한 상태였다.

김예나가 이주영과 아영을 돌아보면서 말했다.

"어머님."

"그래. 예나야. 너무 걱정 마렴."

이주영은 김예나의 부름을 듣고 아영을 한번 쳐다보았다. 고블린이 죽는 장면을 본 아영의 손이 떨렸다.

떨리는 아영이의 손을 꼭 잡은 이주영은 아영이와 함께 고블린 앞으로 다가갔다. 그 뒤를 김예나가 보필했다.

"네 오빠가 어떤 길을 걷고 있는지 알겠구나. 우리가 방해물이 될 순 없잖니?"

이주영이 먼저 준비되어 있는 칼을 들고 세상모르게 잠들어 있는 고블린의 가슴에 칼을 겨누었다.

두눈 딱 감고 찌르면 초이스가 될 수 있었다.

"엄마."

하지만 이주영 역시 보통 사람이었다.

아무리 몬스터라지만 생명이었다.

이주영의 손 역시 떨리는 것을 본 아영이가 이주영을 부르면서 손을 맞잡았다.

"엄마 말이 맞아. 오빠에게 짐이 될 순 없잖아?"

푸욱―

이주영이 잡고 있는 칼이 고블린의 가슴에 박혀 들어갔다. 갑작스런 통증에 고블린이 눈을 떴다.

아영이는 눈을 뜨고 비명을 지르는 고블린을 똑똑히 지

켜보면서 힘을 더했다.

"미안해."

고블린이 축 늘어지자 이주영의 눈앞에도 메시지 창이 뜬 것 같았다.

아영은 메시지 창이 보이지 않았지만, 박준우와 이주영이 같은 상태가 된 것을 보고 초이스로 각성했다는 것을 눈치챘다.

"괜찮니?"

"네. 언니."

김예나가 옆에서 아영에게 물었다.

이주영과 함께 있어야 했기에 자연스럽게 집에서 생활한 김예나는 이주영과 아영과 친해질 수 있었다.

김예나는 이주영이 쥐고 있던 칼을 빼내 아영에게 주었다.

아영은 잠든 고블린을 바라보다가 김예나에게 물었다.

"무슨 마법을 썼길래 옆에서 친구들이 비명을 지르는데도 일어나지 않는 거예요?"

"슬립마법이라고 하더라고."

"그래요? 역시 초이스는 대단한 것 같네요."

이렇게 말하는 아영에게서는 전과 같이 초이스가 되고 싶은 열망이 느껴지지 않았다.

김예나는 현실을 직시한 아영을 보고 말했다.

"찌르면 돌이킬 수 없어."

"이제 알겠어요. 오빠가 뭘 걱정했는지."

지예천과 김예나를 한번 돌아본 아영이 자고 있는 고블린의 목을 칼로 찔렀다.

비명을 내지 못하게 하려는 속셈이었다.

"미안해……."

푹.

[초이스로 각성합니다. 스테이터스를 개방할 수 있습니다.]

아영이는 허공에 보이는 메시지창을 보면서 말했다.

"스테이터스 개방."

[박아영]

LV : 1

나이 : 19세　　직업 : 초이스(서포트 초이스)

체력 : 100/100정신력 : 100/100

힘 : 10　　　민첩 : 10

지능 : 10　　행운 : 10

스텟 포인트 : 5

※추가 스텟은 추후 개방 가능합니다.

"레벨 1이라……."

아영이는 자신의 레벨을 확인한 뒤에 중얼거렸다.

"열렙해야겠는걸?"

* * *

"결국 왔군."

"허페이라니. 미쳐도 단단히 미쳤다고 생각하는 건 나뿐
인가?"

권왕의 말에 남궁민이 대답했다.

"제가 있는 이상, 그들도 섣불리 나설 수 없을 것입니
다."

허페이는 남궁세가가 있는 안휘성의 지명이었다.

권왕은 남궁민의 말을 듣고 고개를 저었다. 남궁세가의
소가주가 있다고 해결되는 문제가 아니었다.

한국에서 오대세가에게 그렇게 피해를 주고도 이곳에서
무사히 있을 수 있을 리가 없었다.

아무리 남궁세가라고 하더라도 다른 오대세가가 나서는
것을 막을 수는 없을 것이라고 권왕은 생각했다.

"쩝. 그래도 얼른 중국무림협회가 있는 후베이(호북성)
로 가는 것이 좋을 것 같군."

괜한 시비라도 붙었다가는 골치 아픈 일이 생길 수도 있
었다.

"중국무림협회를 쓰러뜨린다는 목적도 있지만 오랜만에

98

다시 고향으로 돌아왔으니, 고향의 공기를 맛보는 것도 나쁘지 않지 않습니까? 남궁민도 가족들을 보고 싶어 할 수도 있고요."

"가족이라……."

권왕은 묵묵히 우주의 뒤를 따라나섰다.

권왕의 중얼거림을 들은 우주가 그에게 물었다.

"권왕님의 가족들은… 죄송합니다."

무심코 권왕의 가족에 대해서 말하려던 우주는 황보세가에 대한 이야기를 떠올리고 급히 사과했다.

"아닐세. 자네가 왕치안을 잡아줘서 이제 황보세가도 다시 세상으로 나올 수 있을 테니 걱정 없다네. 거기다 나한테는 창우가 가족이나 마찬가지네. 그나저나 창우야. 후베이에 가면 일단 집으로 가야겠구나."

권왕이 권창우를 보고 말했다.

권창우의 고향은 후베이였다.

어쩌면 그곳에 권여정이 있을 수도 있었다.

"네. 여정이는 집에 있겠죠?"

"글쎄다."

권여정을 언급하는 권창우를 보고 우주가 물었다.

"아직까지 연락이 없는 거야?"

"네. 어디로 간다고 말도 없이 떠나버려서……."

우주는 권여정을 떠올렸다.

남궁세가의 사주를 받고 창우와 남궁민을 불렀을 때, 마지막으로 본 것 같았다. 그때 정신 좀 차리라고 말을 심하게 했던 것이 마음에 걸렸다.

"에이. 설마……."

여자가 한을 품으면 오뉴월에도 서리가 내린다고, 그 때의 일로 권여정이 한을 품지는 않았을까 걱정이 되었다.

"네?"

"아니야. 그건 그렇고. 남궁세가에 들릴 생각은 없는 거냐?"

우주가 뒤에서 묵묵히 따라오는 남궁민에게 물었다.

세가의 최고 어른인 남궁벽을 상대하러 가는 길에 남궁세가에 들리는 것은 모양새가 좀 이상할 것 같았다.

"없습니다."

"단호하네."

그럼 남궁세가는 들리지 않고 바로 후베이까지 속도를 올려야겠다고 생각한 우주가 속도를 올리려는 때였다.

"음?"

"아무래도 그냥 지나가긴 글렀나보다."

남궁세가의 무복을 입은 자들이 다가오고 있었다.

남궁세가의 무리가 다가오는 것을 보고 남궁민의 표정이 굳어졌다.

"제가 처리하도록 하겠습니다."

남궁민이 먼저 나서자 우주는 말없이 지켜만 보았다.

"소가주님을 뵙습니다."

남궁민이 앞으로 나서자 남궁세가의 무인들이 그를 향해 포권을 취했다.

"무슨 일이냐."

"소가주님. 가주님께서 남궁세가에 들르라고……."

"갈 길이 바쁘다. 돌아가라."

남궁민이 남궁세가 무인의 말을 끊자 남궁세가의 무인이 입을 다물었다. 이렇게 남궁세가가 위기에 빠진 이유가 전부 남궁민 때문이다.

"잠깐."

고개를 숙인 무인을 보고 우주가 남궁민을 불렀다.

남궁민이 남궁세가와 골이 깊어지면 나중에 중국무림협회를 통제하기 힘들어질 수도 있다.

"너만 괜찮다면 남궁세가에 들리는 것도 나쁘진 않을 것 같은데?"

남궁민이 우주의 의도를 모르겠다는 듯 잠시 우주를 쳐다보았다가 고개를 끄덕였다.

우주에게 무슨 생각이 있다고 생각한 것이다.

"알겠습니다. 안내해라."

고개를 숙이고 있던 남궁세가의 무인이 고개를 들어서 우주를 바라보았다. 우주는 남궁세가의 무인을 보고 한번 씨익 웃어주었다.

'웃어?'

남궁민을 데리고 돌아갈 수 있는 것은 좋은 일이었지만

호의를 베푸는 우주가 신경 쓰였다.

"감사합니다."

하지만 고마운 것은 고마운 것이었기에 남궁세가의 무인은 고개를 숙여보였다.

그렇게 우주 일행은 남궁세가로 향했다.

"자네. 무슨 생각인가?"

남궁세가로 가는 길에 권왕이 우주에게 말을 걸어왔다.

남궁세가로 가는 것은 호랑이 굴에 스스로 걸어 들어가는 것과 마찬가지였다.

"큰 그림이지만, 제가 그리고 있는 그림이 그려진다면 중국무림협회를 맡아줄 사람이 필요합니다."

"남궁민을 그 자리에 올리겠다는 말인가?"

우주는 고개를 저었다.

"그럼 누구를 그 자리에 올리겠다는 말인가?"

권왕이 답답한 듯 우주를 향해서 묻자 우주가 가만히 권왕을 바라보았다. 권왕은 우주의 시선을 느끼고 등골이 서늘해지는 것을 느꼈다.

권왕은 급히 제자인 권창우를 돌아보았다.

"설마, 아니지?"

"……."

권왕의 물음에 권창우가 권왕을 외면했다.

그 모습을 본 권왕이 확신했다.

우주는 중국무림협회를 인수하게 된다면 회주자리에 권

102

왕을 앉힐 계획이었다.

"하하. 마땅한 사람이 떠오르지 않아서 말이죠."

"크흠."

아직 중국무림협회를 인수할 수 있을지도 모르는데, 이런 걱정을 미리 한다는 것 자체가 좀 아이러니했다.

하지만 권왕은 우주가 이루고자하는 것은 모두 이룰 수 있을 것 같다고 생각했다.

"팔자에도 없는 회주자리에 앉게 생겼군."

"만약 그렇게 된다면 황보세가의 재건은 전력을 다해 도와드리겠습니다."

권왕이 승낙하자 우주가 말했다.

우주의 말에 눈을 감았던 권왕이 눈을 번쩍 떴다.

왕씨세가가 흔들리는 지금이 기회이기는 했다.

"흥. 어차피 나중일일세!"

"하하. 꼭 성공해야겠네요."

한편, 우주 일행의 앞에서 걸어가던 남궁세가의 무사들은 우주와 권왕이 하는 이야기를 듣고 속으로 코웃음을 쳤다.

오대세가에게 피해를 준것과 중국무림협회를 인수하는 것은 전혀 다른 문제였다.

거기다 겨우 네명이서 무엇을 할 수 있다는 것인지 의문이었다.

허세라고 생각한 남궁세가의 무사들은 남궁민이 왜 저런

사람들과 어울리는 것인지 이해할 수 없었다.

하지만 남궁세가의 무사들을 대표하는, 우주의 웃음을 보았던 남궁세가의 무인은 어쩌면 우주의 말이 현실이 될지도 모르겠다고 생각했다.

그리고 그런 생각을 하는 사이, 그들은 남궁세가에 당도했다.

위장

　남궁세가에 도착한 우주는 정문에서 그들을 기다리던 사람을 보고 상당히 놀랐다.

　남궁세가의 가주가 직접 나와 있었기 때문이다.

　"뭐라고 불러야 할지 모르겠구려. UN그룹 회장님으로 부르면 되는 건가요? 저번에는 실례가 많았습니다. 남궁세가의 가주, 남궁진이라고 합니다."

　정중한 남궁진의 인사에 당황한 우주가 고개를 숙였다.

　"안녕하세요. UN그룹 회장. 박우주라고 합니다. 제 밑에 있는 남궁민의 아버님이신데 편하게 대하셔도 됩니다."

가는 말이 고우면 오는 말도 곱다.

우주는 남궁진의 대접에 호의를 표했다.

"하하. 그건 아니 될 말이지요."

"많이 컸군."

남궁진의 처세술을 보고 있던 권왕이 말했다.

권왕의 목소리를 들은 남궁진이 권왕을 보면서 말했다.

"오랜만입니다. 이렇게 남궁세가까지 와주셔서 정말 감사합니다."

같은 왕의 별호를 가지고 있는 검왕과 권왕은 안면이 있었다.

검왕의 아들인 남궁진 역시 권왕을 만난 적이 있었다.

"흥."

창우에게 듣기로 권왕과 검왕은 서로 라이벌 같은 상대라고 들었다.

사이가 좋지는 않을 것이라 생각했는데 우주의 생각보다 사이가 나쁜 것 같았다.

"권왕님의 제자분도."

"편하게 대하십시오. 전에는 죄송했습니다."

"고맙네. 그때 일은 너무 신경 쓰지 말게나."

전에 한국에서 남궁대에게 내상을 입힌 일을 언급한 것이다.

남궁진은 권창우를 다독이고 난 뒤, 우주에게 몸을 돌렸다.

"잠시 아들과 대화를 나눠도 되겠습니까?

"물론입니다."

우주에게 양해를 구한 남궁진이 남궁민의 앞에 섰다.

우주의 앞에 섰을 때의 유들유들한 기운은 사라지고 어느새 서릿발처럼 차가운 기운이 남궁진을 뒤덮고 있었다.

"왔느냐."

"네."

"그냥 가려 했다고 들었다. 왜 그랬느냐."

"갈 길이 바빴을 뿐입니다."

남궁민은 아버지인 남궁진에게 지지 않겠다는 듯 똑바로 쳐다보았다. 한번 검으로 꺾은 적이 있는 아버지였으나, 아버지는 아버지였다.

남궁벽에게 밀려서 항상 힘이 없어 보이는 아버지가 오늘따라 태산보다 크게 느껴졌다.

"중국까지 왔으면서 집에 한번 들려야겠다는 생각조차 하지 않았구나."

"아직은 이르다고 생각했습니다."

아직은 이르다… 남궁민의 생각을 알 수 없었으나 그는 아들의 대답이 흡족했다.

확실히 박우주라는 거물과 어울리면서 아들이 많이 성장한 것 같았다.

"그럼 언제쯤 돌아올 것이냐."

"그건……."

"그만하시죠."

남궁진이 난감한 질문을 던졌을 때, 둘의 언쟁을 막는 사람이 나타났다.

"밖에 손님을 세워놓고 하실 말씀은 아니라고 생각되옵니다만."

"흠, 흠."

양해를 구하긴 했으나 대화를 나누다보니 생각보다 지체했다는 것을 인지한 남궁진이 뒤를 돌아봤다.

"고맙다. 연아."

"아닙니다, 그보다……."

"죄송합니다. 결례를 범했습니다. 그럼 안으로 모시겠습니다."

"네. 감사합니다."

우주는 정중히 사과를 하는 남궁진에게 대답을 한 후, 뒤에 서 있는 여자를 바라보았다.

여자는 남궁민에게 다가가고 있었다.

"오라버니. 오랜만에 뵙겠습니다."

"연아."

"못 본 사이에 늠름해지셨군요."

남궁민은 동생인 남궁연을 바라보았다.

예전부터 아름다운 미색으로 유명했는데 잠시 못 본 사이에 더 예뻐져 있었다.

"너야말로 더 예뻐졌구나. 그나저나 좀 웃으라니까."

남궁민의 말에 냉랭한 표정을 짓던 남궁연이 웃어보였다. 그 순간 주변이 환해지는 것 같은 착각이 들었다.

남궁세가로 들어가면서 권창우는 남궁연이 웃는 것을 보고 중얼거렸다.

"빙화(氷花)가 웃다니, 생각보다 남궁민을 많이 의지했나보군."

"빙화?"

우주가 권창우의 중얼거림을 듣고 물었다.

"중국 무림의 후기지수들 중 미모가 가장 뛰어난 세명을 삼화(三花)라고 부릅니다. 그중 얼음꽃이라고 불리는 것이 바로 남궁민의 동생인 남궁연입니다."

"흐음."

우주는 남궁민과 나란히 걷고 있는 남궁연의 얼굴에 잠시 시선을 주다가 남궁진에게 물었다.

"그나저나 저희를 초대하신 이유가 무엇인지요?"

단지 남궁민을 보기 위해서 초대하지는 않았을 거라는 우주의 예상이었다.

"아. 전해드릴 정보가 있습니다."

"정보요?"

"안에 들어가서 말씀드리겠습니다."

"네."

무슨 정보가 있다는 것인지 우주는 궁금했다.

남궁세가 접견실로 들어선 우주 일행은 긴 식탁 위에 잘

차려진 진수성찬을 볼 수 있었다.

"약소하지만, 오랜만에 돌아온 아들을 위해서 마련해보았습니다."

물론 아들과 함께 온 우주를 접대하는 것이기도 했지만 말이다. 어쨌든 시장했던 참이었기에 우주 일행은 식탁에 오순도순 앉았다.

남궁진은 일행이 전부 식탁에 앉자 이야기를 시작했다.

"제가 이렇게 여러분을 초청한 이유는 중국무림협회에 일이 생겼기 때문입니다."

"무슨 일이요?"

남궁진의 말에 우주가 대답했다.

이렇게 남궁진이 직접 이야기를 꺼낼 정도라면 생각보다 큰일이 벌어진 것 같았다.

"중국무림협회가 신비인에게 점령당했습니다."

"……?!"

"자세히 이야기 해주시죠."

우주는 심각한 표정으로 남궁진을 바라보았다.

"중국무림협회에 신비인이 나타나서 소림파를 멸문시키고 실권을 장악했습니다."

"뭐라고? 소림파가 멸문 당했다는 게 사실이냐?"

권왕이 놀라서 소리쳤다.

구대문파 중에서 최고로 손꼽히는 소림파를 단신으로 멸문시켰다면, 그 정도의 무공을 신비인이 지니고 있다는 뜻

이었다.

"네. 그렇습니다."

"이런 정보를 저희에게 전해주는 이유가 무엇인지 궁금하군요."

우주는 정보의 진위여부를 떠나서 남궁진이 이런 이야기를 왜 알려주는 것인지 궁금했다.

"남궁벽, 제 아버님께서 신비인에게 중국무림협회를 그대로 받쳤습니다. 소림파가 멸문당하는 것을 본 아버님은 신비인의 하수인으로 전락해버렸습니다. 저희 남궁세가는 더 이상 아버님에게 중국 무림의 미래를 걸 수 없다고 판단했습니다."

"그게 전부인가요?"

단순히 아버지의 과오를 바로잡기 위해서 정보를 제공하는 것은 아닌 것 같다는 생각에 우주가 말했다.

"물론 아닙니다. 먼저 저를 포함한 남궁세가의 식구들은 남궁세가의 미래를 민이에게 걸어볼 생각입니다."

갑작스런 남궁진의 선언에 남궁민이 남궁진을 쳐다보았다.

"하지만 지금 신비인이 민이를 포함한 세분에게 현상금을 건 상태입니다. 왜인지는 모르겠지만 그의 목표가 UN 그룹인 것 같다고 하더군요. 이대로 중국무림협회로 가게 된다면 분명 중간에서 큰 곤욕을 치르게 될 것입니다. 아. 그리고 무인, 권창우의 동생인 권여정이 신비인과 같이 있다는 소식을 들었습니다."

현상금이란 말에 우주가 골똘히 생각하는 표정을 지었고
창우는 권여정이 언급되자 눈을 크게 떴다.

사라진 여동생이 신비인의 하수인으로 활동하고 있다는
사실이 충격이었다.

"어쩌면 여정이가……."

"듣기로는 신비인의 최측근이 권여정이라고 하더군요.
어쨌든 저희로서는 현 상황이 이렇다는 것을 전해드리고
싶었습니다."

남궁진이 권창우에게 이야기를 한 뒤에 남궁민을 향해서
신뢰 어린 시선을 보냈다.

그 모습을 본 우주가 질문을 했다.

"신비인은 어느 정도로 강한 것인지 알 수 있을까요?"

"제가 알기로 일단 제 아버지인 검왕보다 강하다고 알고
있습니다. 소림파를 단신으로 멸문시킬 정도이니 최소 이
제와 일황급이라고 보시면 됩니다."

"크흠."

권왕이 헛기침을 했다.

라이벌인 검왕을 눌렀다면 권왕보다도 강하다는 말이었
기 때문이다.

"이제와 일황이라……."

우주는 일이 꼬인다고 생각했다.

남궁벽만 처리하면 될 줄 알았더니, 느닷없이 신비인이

라고 칭해지는 자가 튀어나와 일을 망치고 있었다.

"마지막으로 정리해드리자면……."

남궁진이 알아보기 쉽게 현재 중국무림협회의 상황을 그림으로 그려 우주 일행에게 보여주었다.

맨 위에는 신비인이라고 적혀 있었고 그 밑으로 권여정, 그 아래 남궁벽 그리고 그를 따르는 구대문파와 오대세가가 그려져 있었다.

"이렇게 된 것입니다."

"방법이 있을까요?"

우주가 남궁진의 두눈을 쳐다보았다

남궁민에게 남궁세가의 미래를 걸겠다는 말은 우주를 도와 중국무림협회를 바꿔보겠다는 이야기였다.

남궁진의 눈은 굳은 결심으로 가득 차있었다.

"네. 저희가 네분을 사로잡았다고 공포한다면 네분이 다른 사람들과 부딪히지 않고 중국무림협회로 갈 수 있을 것입니다."

남궁진의 말에 우주는 좋은 아이디어라고 생각했다.

신비인과 남궁벽을 만날 수만 있다면 그때부터는 그들의 힘으로 어떻게든 하면 되었다.

"괜찮으시겠습니까?"

혹시나 위장이 들통 났을 경우, 남궁세가가 감당해야 되는 부분에 대해 질문한 것이다.

남궁진은 남궁민을 보더니 괜찮다고 말했다.

남궁민은 이렇게 남궁진에게 무한한 신뢰를 받자 당황했지만 곧 우주를 보며 말했다.

"실행하시죠."

"뭐, 다른 방법이 없잖아. 그럼 잘 부탁드리겠습니다."

"감사합니다."

"자자, 결론도 났겠다. 음식이 식고 있는데 빨리들 들자고."

어느 정도 결론이 나자, 권왕이 모두를 향해서 말했다.

어른들의 이야기를 지켜보던 남궁연이 그 모습을 보고 말했다.

"식기 전에 얼른 식사들 하세요."

"네."

우주 일행이 차려진 진수성찬을 맛보기 시작했다.

* * *

"남궁세가에서 그들을 잡았다고 합니다."

권여정이 TV를 보고 있던 테리우스에게 말했다.

"오. 그래? 근데 표정이 왜 그렇지?"

테리우스의 물음에 권여정은 고개를 저었다.

요즘 들어 드는 생각은 '과연 지금 하는 일이 정당한가' 라는 생각이었다.

복수를 하고 싶긴 했다. 하지만 자신의 복수 때문에 너무 많은 사람들이 희생 당하는 것 같았다.

"그 중들 때문에 그런 것이냐? 그놈들은 내가 싫어하는 기운을 품었기 때문에 처리한 것이다."

권여정은 자신의 생각을 읽는 위대한 존재를 물끄러미 쳐다보았다.

"녀석들이 오면 최대한 고통스럽게 해주세요."

"알겠다."

권여정의 말에 대답한 테리우스는 다시 TV를 시청했다. UN그룹과 그리핀의 대결이 방송되고 있었다.

우주라는 인간은 매우 흥미로웠다.

테리우스가 초이스들 사이에 발을 들인 것은 이 세계가 처음이 아니었다.

이곳의 인간들은 모르겠지만 세상은 하나가 아니었다.

세상에는 수많은 차원이 있었고 이곳, 지구는 그 수많은 차원 중 하나일 뿐이었다.

'그리고 초이스란 것들은 전부 신이 세상에 혼란을 주기 위한 수단일 뿐이지.'

테리우스는 이미 다른 차원에서 초이스들을 겪어본 적이 있었다. 원래 그가 있던 차원은 문명이 발달되어 있지 않고 마법이 극도로 발달한 차원이었다.

마법을 기반으로 강해진 초이스들은 생각보다 약했다.

마법의 시초라고 불리는 드래곤에게 마법을 사용한 것이 문제인 것일까?

하지만 지구의 초이스들은 조금 달랐다.

이곳에서 처음으로 만난 인간인 천제는 초이스가 아닌데도 불구하고 엄청난 기운을 뿜어댔다.

같이 지내면서 녀석의 정신에 마법을 미리 침투시키지 못했다면 간단히 처리하지 못했을 것이다. 어쩌면 지금 기다리는 박우주라는 인간도 그럴 가능성이 있었다.

"일단 정신계 마법을 위주로 사용해야겠군."

위대한 존재라고 일컬어지는 드래곤이지만 테리우스는 자만하지 않았다. 테리우스가 우주를 연구하는 것을 지켜보던 권여정은 조용히 방을 빠져나왔다.

"그나저나 남궁세가에서 잡혀서 이곳으로 이송되어 오고 있다고? 믿을 수 없어."

남궁세가주가 남궁민에게 패하는 모습을 두눈으로 똑똑히 보았던 권여정은 남궁세가에서 우주와 권창우, 권왕과 남궁민을 사로잡았다는 믿을 수가 없었다.

분명 무언가가 있었다.

어쩌면 남궁세가의 계략일 수도 있었다.

그걸 알고 있었기에 권여정은 만약을 대비해야 했다.

마음의 준비 역시 해야만 했다.

항상 든든한 버팀목이 되었던 오빠를 마주하게 될 마음의 준비를 말이다.

권여정은 남궁벽을 만나기로 했다.

그러면 남궁진의 의도를 파악할 수 있을 것이라고 생각

118

했기 때문이다.

* * *

"포로들을 실어라!!"

남궁진의 외침에 밧줄로 꽁꽁 묶인 네 명이 승합차에 실렸다.

중국 무림이라고 해서 무협 영화에서처럼 옥에 갇혀 말로 이동하는 상상을 했던 우주는 영화는 영화일 뿐이라고 생각했다.

현대에는 자동차라는 훌륭한 이동수단이 있었다.

승합차 주위를 몇 대의 검은색 세단이 포위하는 형식으로 달리기 시작했다. 그리고 승합차 안에서는 밧줄에 묶인 우주 일행이 도란도란 이야기를 나누고 있었다.

"이거 생각보다 불편하군요."

"내가 이런 꼴로 묶여 있게 될 줄이야……."

권창우와 권왕의 말에 우주가 피식 웃었다.

좋은 아이디어라고 할 때는 언제고 실제로 이런 상황이 되니 말을 바꾸는 두 사람을 보면서 옆에 있는 남궁연을 바라보았다.

"그런데 남궁아가씨는 왜 이곳에?"

"아버님께서 편의를 봐주라고 했습니다."

남궁민에게 말할 때가 아니고는 냉기를 뿜어내는 남궁연

을 보며 우주는 고개를 갸웃거렸다.

　남궁연이 아니더라도 편의 정도는 볼 수 있는 사람을 같이 대동할 수 있었을 것이다.

　'뭐, 오랜만에 남궁민을 봤으니, 같이 있고 싶겠지.'

　우주는 그렇게 생각하고 신경을 껐다. 지금은 남궁연보다 신비인과의 전투를 생각해야 할 때였다.

　"그럼 도착할 때까지 깨우지 말도록."

　"네. 알겠습니다."

　우주는 자신을 관조하기 시작했다.

　우주가 강해질 수 있었던 이유, 그건 초이스가 진화할 수 있다는 것을 깨달았기 때문이다.

　[직업 : 초이스(알코올 초이스 2단계)]

　자신을 계속해서 관조하다가 우주는 어느 순간 무아지경에 빠졌다 돌아왔다.

　그는 상태창이 바뀐 것을 보고 초이스의 단계에 대해서 생각을 하게 되었다.

　친절하게도 시스템은 초이스의 단계에 대해 설명을 해주었다. 1단계가 알코올을 섭취해서 스텟 포인트를 증가시켰다면, 2단계는 알코올은 만드는 능력이었다.

　[알코올 초이스 2단계]

—알코올을 생성할 수 있다. 스텟 '주치'를 통해서 생성한 알코올을 자유자재로 다룰 수 있다.

알코올 초이스 2단계의 주요 능력이었다.

이 능력을 통해서 우주는 권왕을 쉽게 이길 수 있었다.

그러나 아직 알코올을 다루는 것은 미숙한 점이 많았다. 그래서 권왕과의 비무에서도 완벽한 순간을 노려 이 능력을 사용했다.

그 한 수가 승부를 결정지었으나, 다른 방식으로도 운용할 수 있었을 것이다.

이건 실전을 통해서 길러야 하는 능력인 것 같았다.

그래서 우주가 지금 택한 것이 이미지 트레이닝이었다.

지금껏 싸워왔던 적들을 떠올리면서 그때와 다른 방식으로 싸웠을 때, 통할 수 있을지 머릿속으로 시험을 하는 것이다.

"저… 술 냄새 나지 않나요?"

우주가 눈을 감고 난 직후 차 안에 주향이 퍼지기 시작하자 남궁연이 말했다.

달콤한 향기였기에 거북하지는 않았지만 갑작스럽게 나는 술 냄새에 의문이 들었다.

"신경 쓸 것 없다, 연아."

"아! 네. 오라버니."

남궁민의 말에 남궁연이 우주를 흘깃거렸다. 아무래도

우주 쪽에서 향이 강하게 나는 것 같았다.

남궁연은 우주에게 관심이 갔다.

오라버니인 남궁민이 집을 나가 따라다닐 정도의 남자라는 사실이 믿기지 않았다.

남궁세가에 대한 자부심이 강한 남궁민이었기에 남궁연은 박우주라는 사람이 대체 어떤 사람인지 궁금했다.

실제로 처음 보았을 때, 잘생긴 외모를 제외하고는 딱히 특별한 것이 없어 보였다.

그런데 지금 이렇게 향기로운 주향을 뿜어내고 있으니 궁금증은 더욱 커질 뿐이었다. 남궁민은 우주에게 관심을 보이는 남궁연을 보며 피식 웃었다.

빙화라 불릴 정도로 냉기가 풀풀 날리던 남궁연이 어느새 남자에게 관심을 보일 정도로 컸다는 사실을 인지했기 때문이다.

그게 전부 남궁민 때문이라는 것을 본인만 모를 뿐이었다.

차는 점점 더 빠르게 중국무림협회로 달리고 있었다.

* * *

"도착했다고 합니다."

남궁벽이 권여정에게 보고를 올렸다.

어쩌다 이런 상황이 됐는지 모르지만 살기 위해서는 어

쩔 수 없었다.

"이야기 했다시피 남궁벽, 당신이라면 남궁진의 의도를 파악할 수 있겠죠."

"네. 저도 이상하다고 생각 중입니다."

권여정이 찾아왔을 때는 신비인이 어떤 지시라도 내린 줄 알았다.

헌데 남궁세가에 대한 말이 나왔을 때는 무슨 이야기인가 했는데, 남궁진이 남궁민에게 졌다는 소리를 들었다.

남궁벽은 남궁진이 모종의 계획을 실행 중이라는 것을 바로 눈치챌 수 있었다.

하긴 생각해보면 왕치안이 당했을 정도인데 남궁진이 그들을 멀쩡하게 잡았을 리가 없었다.

그리고 권여정을 통해서 의심은 확신이 되었다.

그렇다면 남궁진에게도 목적이 있을 텐데, 그것이 무엇인지 알 수 없었다.

"우린 먼저 회의실로 가 있도록 하지."

"네. 그럼 제가 먼저 아들 녀석을 만나보겠습니다."

권여정이 나가자 남궁벽이 중얼거렸다.

"흥. 여우같은 년. 지금은 네가 기고만장하고 있지만, 나중에는……."

남궁벽은 권여정을 일별하고 남궁세가가 도착했다는 곳으로 향했다. 아들 녀석이 어떤 계획을 준비했는지는 모르겠지만 결국 신비인에게는 죽음으로 뛰어드는 불나방같은 존재가 되고 말 것이다.

중국무림협회 정문에 우주 일행이 탄 승합차가 세워졌다. 세단에서 남궁진이 내리면서 시선을 굳혔다.

중국무림협회의 모든 인원이 이곳을 주시하는 것 같았기 때문이다.

남궁진은 우주가 했던 말을 떠올렸다.

'먼저 가주님은 가짜로 피를 토하면서 힘겹게 승부를 냈다고 하십쇼. 저희도 위장을 하겠습니다. 저희를 붙잡으면서 아무런 상처도 입지 않았다면 그게 더 이상할 겁니다. 제 목적은 중국무림협회 지분입니다. 왕치안의 지분을 가진 제게 남궁벽의 지분까지 확보한다면 중국무림협회와 딜을 볼 수 있습니다. 그러니 가주님께서는 저희편이라는 것을 밝히지 마시고 최대한 연기해주십시오.'

우주의 말대로 상황이 잘 조성된다면 좋겠지만, 지금 상황을 봐서는 그게 어려울 것 같았다.

"대단한 일을 해내셨군요. 남궁가주님."

구대문파와 오대세가의 인원들이 전부 나와서 남궁진을 바라보았다. 화산을 대표해서 나온 화산파의 장로 중 하나가 남궁진에게 말을 걸어왔다.

사실 지금 중국무림협회에 있는 자들은 빨리 신비인의 목표인 우주 일행이 오길 바랐다. 남궁벽이 신비인과 권여정의 목표가 UN그룹이라고 공표했다.

또한 신비인을 이용해서 UN그룹을 제거할 수 있는 좋은

기회라고 각 문파를 설득했기 때문이다.

소림은 처음 테리우스가 중국무림협회에 왔을 때, 테리우스에게 적의를 가질 수밖에 없었다.

그 결과는 멸문이 되어버렸다.

소림이 본보기가 되자 사람들은 남궁벽의 말을 철석같이 믿고 따를 수밖에 없었다.

"당연한 일을 했을 뿐입니… 쿨럭."

"왜 그러십니까?! 남궁가주님!!"

"의사를 불러와라!"

화산파 장로의 말에 대답하던 남궁진이 입에서 피를 뿜었다. 물론 위장이었다.

"쿨럭. 괜찮습니다. 저들과 싸울 때 입은 내상이 도졌나 보군요."

"하지만……!"

"본인이 괜찮다고 하지 않는가."

"회주님."

장내가 소란스러워졌을 때, 남궁벽이 나타났다.

남궁진은 남궁벽을 보고 읍을 했다.

"그래. 큰 공을 세웠다고 들었다."

"당연히 해야 할 일을 했을 뿐입니다."

남궁벽이 시선이 전신을 샅샅이 훑어보는 것 같은 느낌에 남궁진은 긴장했다. 의심은 하겠지만 물증이 없으니 뭐라 할 수 없을 것이다.

"뭐, 좋아. 포로들은 어디 있지?"

남궁벽의 말이 끝나자마자 승합차에서 남궁연이 내렸다. 많은 이들의 시선이 남궁연을 향했다.

"할아버님을 뵙습니다."

"연이? 너도 왔느냐?"

"네. 포로들은 차 안에 있습니다. 전 오라버니를 간호하고 있었고요."

남궁연이 오빠인 남궁민만은 잘 따랐던 사실을 기억해 낸 남궁벽이 차 근처로 다가갔다. 아들이 손자를 다치게 했다는 말을 믿기 어려웠다.

남궁진은 차 안을 확인하려는 남궁벽을 보고 마른 침을 삼켰다. 우주가 위장을 한다고 했지만, 방법에 대해서는 듣지 못했기 때문이다.

차 안을 확인한 남궁벽이 미간을 찌푸렸다.

묶여 있는 네명의 남자가 보이긴 보였다. 모두 혼절해 있는 듯했다. 포로들 중 라이벌이라고 생각했던 권왕의 얼굴까지 눈에 들어오자 남궁벽은 남궁진을 돌아보았다.

"권왕이 있다는 소리는 못 들었는데?"

"권왕 황보단이 포로라고?"

"삼왕이 바뀌는 건가?"

남궁벽의 눈에 여기저기 다친 흔적이 보이는 넷의 모습이 선명하게 보였다.

모두 생각보다 큰 상처를 가지고 있었다.

이정도 상처는 일부러 내기 어렵다고 생각한 남궁벽은 어쩌면 '남궁진의 경지가 높아진 것이 아닌가' 하는 착각이 들 정도였다.

군중들이 웅성거리자 남궁벽이 나직하게 남궁진을 불렀다.

"남궁가주."

"네. 회주님."

"내상을 입었다고 들었네. 가서 쉬게나. 현상금과 포로들을 잡은 공로는 내일 치하하도록 하지."

"알겠습니다."

어떻게 한 것인지는 모르겠지만 다행히 무사히 넘어갔다는 생각이 든 남궁진이 고개를 숙여보였다.

"포로들을 내려라. 지금 즉시 회의실로 끌고 간다."

"네. 회주님!"

"할아버님. 오라버니는 제가 데리고 가도 될까요?"

"흥. 마음대로 하거라."

아무래도 남궁세가의 직계 혈통이니 다른 포로들처럼 거칠게 대하는 것은 힘들 거라고 생각한 남궁벽이 남궁연의 청을 수락했다.

남궁진이 아직도 의심되긴 했지만 눈에 보이는 것을 믿기로 한 남궁벽이 앞장섰다. 그리고 그 뒤를 무사들이 혼절한 우주와 권왕, 권창우를 둘러업고 따라갔다.

남궁민만큼은 남궁연이 부축해서 걸어가고 있었다.

―뒷일은 저희에게 맡기고 가서 편히 쉬세요. 고생하셨습니다.

우주 일행의 뒷모습을 지켜보던 남궁진은 갑자기 들리는 전음에 저도 모르게 미소 지으면서 고개를 끄덕였다.

드래곤과의 전투

마법의 기운이 느껴졌다.

테리우스는 그 기운이 어디서 나온 것인지 알고 싶었지만, 점점 가까워지는 것을 느끼고 피식 웃었다.

아무래도 박우주, 그인 것 같았다.

'마법이 유통되지 않은 이곳에서 마법을 어떻게 배운 것일까?'

테리우스는 의문이 들었다.

하지만 곧 만날 테니 만나서 물어보기로 했다.

"오는군요."

"긴장되나?"

테리우스가 옆에 서 있는 권여정에게 물었다.

잔뜩 긴장한 모습이었다. 테리우스는 권여정의 마음이 수십, 수백번 변하는 것을 재미있게 바라보았다.

"네. 긴장됩니다. 제가 얼마나 이 순간을 기다려왔는지 아십니까?"

테리우스가 처음 본 권여정은 증오심으로 가득했다.

하지만 시간이 지날수록 주저하는 모습을 많이 보였다.

그런 모습을 볼 때마다 테리우스는 권여정에게 흥미가 떨어졌다.

그가 원하는 것은 화목이 아닌 화끈한 복수였다.

하지만 이제 권여정이 복수를 하든지 말든지 그건 중요한 문제가 아니었다.

이제 그의 관심은 권여정에서 박우주라는 인간으로 넘어갔기 때문이다.

"이젠 너의 복수에 관심 없다."

권여정은 테리우스의 말에 심장이 철렁하는 느낌이 들었다.

"어째서?"

"아… 간단해. 이젠 저 녀석이 더 궁금해졌을 뿐이야. 그나저나. 뭐야, 겨우 일루전이었어?"

어떤 마법을 유지한 채 다가오나 했더니, 상처를 입은 척, 환상을 보여주고 있었다.

남궁벽은 회의실 앞에 군중들을 모아두었다.

그리고 우주 일행을 끌고 들어갈 무사들만 데리고 단신으로 들어갔다.

"데려왔습니다."

"회주라는 놈이 이정도 장난도 눈치 못 채다니… 생각보다 마법에 대한 간파도는 떨어지나 보군? 디스펠(Dispel)."

테리우스가 마법을 해지하는 마법을 사용하자 상처 입은 모습으로 끌려오던 네명이 본래 모습으로 돌아왔다.

"이럴 수가?"

남궁벽은 갑자기 멀쩡해진 우주 일행의 모습을 보고, 두 눈을 크게 떴다.

"하하. 이거 굉장히 난처한 걸?"

우주 일행은 눈앞에 떠 있는 메시지 창을 바라보면서 난처한 듯 테리우스를 쳐다보았다.

[위험! 경고!! 포악한 레드 드래곤 테리우스가 나타났습니다.]

[레드 드래곤 테리우스가 비웃음을 날립니다. 일행들의 사기가 떨어집니다.]

[레드 드래곤 테리우스에게 벗어나시오.]

―난이도 : S

―제한시간 : 3시간

—보상 : 삶과 소정의 랜덤 보상.
—실패시 패널티 : 죽음.

[수락되었습니다.]

퀘스트를 수락할 것인지 물어보는 것도 아니었다.

강제 퀘스트였다.

실패시 패널티가 죽음이라는 것을 본 우주는 지금 상황이 최대 위기라는 것을 깨달았다.

"드래곤이라니……."

신화에서나 나올만한 존재가 인간의 모습으로 눈앞에 서 있었다. 마법이 풀려서 작전이 들통 난 우주 일행은 혼란스러웠지만 금방 정신을 차렸다.

이미 일루전은 드래곤에 의해 해제된 상태였다.

"오호. 역시 초이스라는 건가. 내가 바로 드래곤이라는 것을 알아채는군."

남궁벽은 테리우스가 언급하는 드래곤에 대해서 알지 못했다. 그는 아직 초이스가 아니었기 때문이다. 그렇지만 우주 일행에게 속았다는 것만큼은 눈치챌 수 있었다.

"저 녀석들이……!!"

"닥쳐라."

"쿨럭."

테리우스의 피어에 남궁벽이 충격을 받고 비틀거렸다.

권여정은 이미 테리우스에게서 한걸음 떨어진 상태였다.

"왜 그래? 지금 이 순간을 기다린 거 아니었어?"

테리우스가 권여정에게 말했다.

권여정의 몸이 조금씩 떨렸다. 드래곤 피어의 영향을 받은 것 같았다.

"나약하군. 생각보다 더……."

"여정아!"

권창우가 권여정을 발견하고 그녀를 향해 뛰어들었다.

"멈춰!"

우주가 다급하게 소리쳤지만 이미 권창우는 권여정을 향해서 뛴 상태였다. 우주는 테리우스가 무슨 짓을 할지 몰라 긴장하며 주시했다.

하지만 우려한 일은 일어나지 않았다. 테리우스는 재미있다는 듯 권창우와 권여정을 쳐다볼 뿐이었다.

"진정해. 아직 죽일 생각은 없으니까."

우주가 무엇을 걱정하는지 눈치챈 테리우스가 시선은 권창우와 권여정을 향했다. 우주는 저 드래곤이 지금 이 상황을 즐긴다는 것을 깨달았다.

우주는 점점 제한 시간이 줄어드는 메시지 창을 바라보며 이를 꽉 깨물었다.

"오빠."

"여정아. 괜찮니?"

권여정은 권창우가 위험을 감수하고 자신의 옆에 왔다는 사실에 울컥했다.

지금 생각해보면 모든 것이 질투였다.

권여정은 오빠에게 최우선적인 존재이고 싶었다.

자신의 비뚤어진 생각을 깨달은 권여정이 울음을 터뜨렸다.

"으흑."

"이제 괜찮아. 내가 왔잖아. 그동안 힘들었지?"

"내, 내가… 잘못……."

"흥이 깨졌다."

권창우와 권여정이 어떤 모습으로 재회할지 궁금했는데, 이런 모습이라니. 테리우스는 미간을 찌푸렸다.

이런 것을 기대한 것이 아니었다.

"그만 이 유희를 끝내야겠어. 헬 파이어(Hell Fire)."

"피해!!"

화르륵.

거대한 불꽃이 권창우와 권여정을 덮쳤다. 우주가 어떻게 해볼 틈도 없이 회의실이 열기로 가득 찼다.

불꽃이 권창우와 권여정에게 떨어지려는 찰나 우주의 품 속에서 조그만 인영이 튀어나갔다.

"호오?"

권창우와 권여정이 불꽃에 닿기 직전, 미니 아이스골렘 맹꽁이가 전력을 다해 '아이싱'을 사용했다.

쩌적—

그러자 지옥의 불꽃인 헬 파이어가 얼어붙기 시작했다.

[펫이 능력을 각성합니다. 미니 아이스골렘 '맹꽁이'가
알코올 아이스골렘으로 진화합니다.]

[알코올 아이스골렘]

LV. 10

—알코올로 이루어져 있는 아이스골렘이다. 우주의 펫
이며, 우주가 사용하는 '색다른 알코올'의 스킬들을 사용
할 수 있다.

"창우야!"

맹꽁이의 능력으로 위기를 피한 권창우가 권여정을 데리
고 우주가 있는 쪽으로 돌아왔다. 테리우스는 맹꽁이를 신
기하게 쳐다보았다.

"가디언인가? 헬 파이어를 얼리다니. 대단한데?"

테리우스는 맹꽁이를 갖고 싶었다.

한편, 우주는 테리우스가 맹꽁이에게 시선을 뺏긴 사이
에 권왕과 남궁민, 권창우와 권여정에게 지시를 내렸다.

"다들 메시지 뜬 것 봤지? 내가 신호를 보내면 모두 도망
쳐."

"네?"

"무슨 말이십니까?"

실패시 패널티가 무려 죽음이었다. 우주는 아무도 죽게 하고 싶지 않았다. 그가 혼자 죽더라도 말이다.

"나는 걱정 말고 모두 도망쳐라."

"하지만……!!"

"명령이다."

명령이라는 우주의 말에 권왕이 말했다.

"명령이라면 난 너의 수하가 아니니 도망치지 않아도 되겠지?"

"권왕님."

"허허. 이 나이 먹고 죽음을 두려워하지 않는다네. 거기다 드래곤이라는 몬스터… 궁금하단 말일세."

우주가 한숨을 쉬었다. 이제 시간이 없었다.

테리우스는 맹꽁이를 쳐다보다가 이쪽에서 무슨 이야기를 나누는지 궁금해 하는 것 같았다.

내공으로 주위의 소리의 차단했기 때문이다.

"퀘스트 깨야지. 권왕님과 나를 제외하고 모두 도망쳐."

"…알겠습니다."

"권창우!"

우주가 다시 한번 내린 명령에 권창우가 대답했다.

권창우의 대답을 들은 남궁민이 그를 향해 소리쳤다.

어떻게 우주를 버리고 갈 수 있느냐는 의미였다.

"회장님의 명령이다. 따르도록."

냉정한 표정으로 남궁민에게 말한 권창우가 고개를 돌렸다.

—동생들을 안전하게 데려다주고 다시 온다.

고개를 돌리며 권창우는 남궁민에게 전음으로 말했다.

남궁민은 권창우의 의도를 이해하고 고개를 끄덕였다.

권창우에게 권여정이 소중한 것처럼 남궁민에게도 남궁연이 소중했다.

"그럼 막을 푸는 순간, 뛰어."

"네."

더 이상 시간을 끌 수 없을 것 같았다.

맹꽁이가 힘을 다했는지 공중에서 바닥으로 떨어지고 있었다.

"뛰어!"

내공으로 만든 막이 없어짐과 동시에 우주가 테리우스에게 달려들었다. 하늘로 손을 뻗으면서 우주가 외쳤다.

"윈드 오브 썬더!!"

하늘에서 번개가 내려쳤다.

테리우스는 영상에서 봤던 그리핀의 기술을 우주가 구사하는 것을 보고 조금 놀랐다.

그는 즉각 앱솔루트 실드를 시전했다.

테리우스의 머리 위에 절대방어막이 겹겹이 쌓이기 시작했다. 번개가 계속해서 테리우스를 가격했지만 상처 하나 입지 않았다.

"별거 아니네."

우주의 공격이 끝나자 테리우스가 주변을 살폈다. 근처에 남아 있는 사람은 우주와 권왕, 남궁벽이 전부였다.

테리우스가 공격받는 사이 권창우와 권여정, 남궁민과 남궁연이 도망쳤다는 사실을 깨달았다.

"뭐야… 시간 끌기였구나."

테리우스는 그들이 사라진 것에 대해서 별 감흥이 없었다. 어디까지나 테리우스의 목적은 우주였다.

이곳, 지구에서 가장 강한 초이스라고 생각되는 우주를 쓰러뜨린다면 이곳에서 자신을 막을 수 있는 존재는 없었다.

신을 제외하고 말이다.

우주는 번개가 내리치는 사이에 맹꽁이를 데리고 왔다.

맹꽁이 덕분에 권창우랑 권여정이 무사할 수 있었다.

맹꽁이는 지쳤는지 숨을 헐떡이고 있었다.

평소에 밖으로 꺼내서 데리고 다니길 잘 한 것 같았다. 맹꽁이를 인벤토리에 집어넣은 우주는 테리우스에게 물었다.

"네 목적이 뭐지?"

드래곤이 인간으로 둔갑해서 인간 행세를 한다는 것 자체가 이해할 수 없는 일이었다.

거기다 몬스터가 인간의 말을 할 뿐더러 마법까지 사용하고 있었다. 정말 괴물이었다.

"목적? 일단 널 잡아서 연구해볼 생각이야. 이곳의 초이스들은 어떤 식으로 힘을 사용하는지 궁금하거든."

'이곳의 초이스'라는 말에 우주는 묘한 위화감을 느꼈지만, 실험체가 된다는 생각에 더 신경 쓰지 못하고 고개를 저었다.

"결국 내가 목적이다?"

"뭐, 결론은 그렇다고 봐야지."

테리우스는 우주가 너무 자연스럽게 자신을 대하고 있다는 것을 깨달았다.

그래서 슬쩍 드래곤 피어를 흘렸다.

테리우스의 몸에서 생물이 갖는 원초적인 두려움이 기를 뿜어내기 시작했다.

[주의! 레드 드래곤 테리우스가 드래곤 피어를 뿜어댑니다! 전 스텟이 10포인트씩 하락합니다.]

"이런."

드래곤이 뿜어내는 피어가 이정도 영향을 미칠 줄은 예상하지 못했다. 우주는 이제 선택을 해야만 했다.

눈앞에 있는 이 드래곤과 싸울 것인지, 아니면 도망칠 것인지를 말이다.

일단은 넋 놓고 당할 수는 없었기 때문에 우주는 스킬을 사용했다.

"스킬 '곰바우' 시전."

[스킬 '곰바우'를 시전합니다. 곰 같은 바위. 곰의 형상을 한 골렘을 소환합니다.]

쿠오오!!
"가디언이 생각보다 많구나? 가디언은 가디언끼리 놀라고 그래."
테리우스는 흥미로운 표정으로 손을 들었다.
"소환! 파이어 골렘!!"
테리우스의 외침에 화답하듯 땅에서 거대한 붉은색 골렘이 튀어나왔다.
이내 곰 골렘과 파이어 골렘이 힘겨루기를 시작했다.
하지만 파이어골렘이 뿜어내는 불꽃 탓에 곰 골렘이 밀리는 것 같았다.
그러자 권왕이 곰 골렘을 돕기 위해서 앞으로 나섰다.
"태극멸권, 태극일멸!!"
태극의 기운이 담긴 주먹이 파이어골렘에게 작렬하자, 파이어 골렘이 주춤거렸다. 테리우스는 가디언 간의 싸움에 끼어드는 권왕을 보고 아미를 찌푸렸다.
"권왕님!!"
테리우스가 권왕을 노리는 듯하자 우주가 술병을 던졌다. 느닷없이 술병이 날아오자 테리우스는 무심코 그 술병

을 향해서 손가락을 튕겼다.

술병이 터지면서 파편이 터져나갔다.

우주는 파편에 묻은 알코올에 시간을 부여했다.

깨진 파편이 공중에 멈춘 것처럼 보였다.

"윈드(Wind)."

멈춘 파편 한조각마다 바람과 내공을 부여하자 파편들이 테리우스를 향해서 쏘아져 나갔다.

파편 조각마다 담겨있는 힘이 만만치 않았다.

"그래! 이거지."

테리우스는 생각지 못한 공격을 펼치는 우주를 보고 즐거워하며 양손에 헬 파이어를 소환했다.

한편, 우주는 싸우면서도 이 상황을 어떻게 벗어날지 생각했다.

시스템이 내준 퀘스트는 테리우스를 쓰러뜨리라는 것이 아닌 테리우스에게서 벗어나라는 말이었다.

하긴 지금으로서는 쓰러뜨릴 엄두조차나지 않았다.

어쨌든 우주는 테리우스를 쓰러뜨리기보다는 어떻게 하면 완벽하게 도망칠 수 있을지 궁리했다.

그러는 사이 테리우스가 양손으로 보랏빛 불꽃을 우주에게 던지고 있었다. 우주는 날아오는 헬 파이어 두덩이를 보고 권왕에게 전음을 보냈다.

—저게 터지는 순간, 도망치겠습니다!

권왕이 고개를 끄덕이는 모습을 보고 우주는 스킬을 시

전했다.

"'로얄 살루트 헌드레드 캐스크' 시전."

[로얄 살루트 헌드레드 캐스크를 시전합니다. 100번에 한해서 닌자처럼 통나무와 몸을 바꿔치기 할 수 있습니다.]

그리고 우주가 스킬을 시전함과 동시에 헬 파이어가 우주에게 작렬했다. 엄청난 열기와 함께 공간을 가득 메울 정도로의 연기가 뿜어져 나왔다.

테리우스는 겨우 이정도로 끝나지는 않았을 것이라 생각하고 우주가 있던 곳을 주시했다.

움직임이 없다는 것을 깨달은 테리우스가 연기 속을 꿰뚫어 봤다.

그곳에는 통나무 하나가 덩그러니 놓여 있었다.

"지금… 도망친 거야?"

테리우스는 감히 자신에게서 도망칠 생각을 한 우주에게 화가 났다. 아직 놓치지 않았다. 아직 멀리가지 못했을 것이다. 테리우스는 천장을 뚫고 하늘로 올라갔다.

주위를 둘러보았지만 우주와 권왕의 모습은 보이지 않았다.

"인베스트게이션(investigation)!!"

테리우스는 광역으로 탐색 마법을 시전했다.

붉은 점 두개가 테리우스의 마법에 잡혔다.

"흥. 도망갈 수 있을 것 같나?"

그때였다.

갑자기 붉은 점이 순식간에 많아지기 시작했다.

"이게 무슨……?!"

마법에 오류가 있을 리 없었다.

그렇다면 우주가 무언가 수를 썼다는 이야기였다.

테리우스는 처음 우주로 착각했던 통나무를 떠올렸다.

"젠장."

우주를 놓치게 생겼다는 사실에 화가 머리 끝까지 난 테리우스가 중얼거렸다.

"폴리모프(Polymorph) 해제."

갑자기 테리우스의 전신에서 붉은 빛이 뿜어져 나오기 시작했다.

점점 더 덩치가 커지기 시작한 테리우스는 거대한 동체를 자랑하는 레드 드래곤 본연의 모습으로 돌아갔다.

'널 놓칠 바에, 죽이겠다.'

중국무림협회 상공에 거대한 괴수가 나타나자 중국무림협회에 있던 모두가 하늘을 바라봤다. 괴수의 입 언저리에서 붉은 무언가 쏟아져 나오기 시작했다.

그건 바로 드래곤 고유의 필살기, 브레스(Breath)였다.

하늘에서 쏟아지는 화염의 브레스가 중국무림협회를 집어삼켰다.

＊　＊　＊

[속보. 중국 대륙의 상공에서 거대한 괴수 등장. 중국 후베이 폐허가 되다.]

[초이스들이 감당할 수 없는 몬스터 등장.]

[거대한 괴수의 정체 밝혀지다.]

[괴수의 정체는 드래곤!!!]

레드 드래곤 테리우스의 브레스로 중국무림협회와 함께 중국의 후베이가 황무지로 변했다.

희생자가 얼마나 되는지 짐작조차 할 수도 없었다.

세계 초이스 대책본부.

홀로그램으로 띄워진 가상세계였다.

그곳으로 각국의 초이스 대책본부장들이 모였다.

초이스가 등장하면서 과학 기술 역시 많이 발전했다.

세계 전역에 모인 사람들은 가상세계를 통해 거리와 언어의 장벽을 뛰어넘어 마주할 수 있게 되었다.

가상세계에서의 언어는 자동적으로 본인의 나라에 맞게 번역되어 전달되었다.

"녀석은 어디로 갔는지 위성에 잡혔습니까?"

"브레스를 뿜고 난 후, 다시 인간의 모습으로 변한 테리

146

우스는 텔레포트를 통해서 사라졌습니다. 때문에 현재 위치를 확인하기 어렵습니다."

중국 본부장이 미국 본부장에게 묻자 미국 본부장이 유감을 표하면서 대답했다.

"전 세계를 뒤져서라도 녀석을 찾아야합니다. 만약 녀석이 다른 국가에서도 브레스를 내뿜는다면 또 엄청난 희생자들이 발생하게 될 것입니다."

"한국 본부장님 말씀이 맞습니다. 하지만 녀석을 찾아도 어떻게 잡을 것인가, 그것이 문제지 않습니까."

일본 본부장이 한국 본부장을 바라보면서 말했다.

한국 본부장, 류시우가 말했다.

"이런 자리에서 말씀드리긴 그렇지만… 한가지 부탁을 드리려고 합니다. 우선 이 영상을 봐주십시오."

류시우가 영상 하나를 공중에 띄웠다.

브레스가 쏟아지기 직전, 무언가를 하고 있는 우주와 권왕의 모습이었다. 근처에는 권창우와 권여정, 남궁민과 남궁연의 모습도 보였다.

잠시 후 브레스를 맞기 직전에 우주의 앞에 워프게이트로 추정되는 것이 생성되었다.

그리고 브레스가 땅에 닿았을 때, 우주 일행은 그곳으로 들어가 사라져버렸다.

"저 상황에서 살아남았다는 말인가?"

"확실치는 않지만 그렇다고 생각됩니다. 영상의 주인공

은 다들 아시리라 생각합니다. UN그룹의 회장이자 그리 핀을 쓰러뜨린 초이스, 박우주님의 모습입니다. 하지만 현재는 행방불명인 상태입니다. 그래서 세계의 초이스 대책 본부장님들에게 이렇게 부탁을 드립니다. 어딘가에 살아계실 박우주님을 찾아주십시오. 저희 한국 초이스 대책 본부에서는 박우주님이 인류의 마지막 희망이 될 것이라 생각합니다."

류시우의 말에 이곳에 모인 초이스 대책 본부장들이 고개를 끄덕였다.

드래곤의 브레스에서 살아남은 자체가 큰 희망이었다.

지금 인류는 드래곤이라는 몬스터 때문에 큰 위기에 봉착한 상태였다.

"좋네. 최선을 다해서 찾도록 하지."

미국 본부장이 먼저 대답하자 다른 국가에서도 하나, 둘씩 동의를 표했다.

"감사합니다."

"그럼, 다른 안건으로 넘어가도록 하겠네. 드래곤의 위치는 모르지만 만일 드래곤이 나타났을 시, 비상시 대책은……."

류시우는 회의를 진행하는 각국의 초이스 대책 본부장을 바라보면서 남모르게 한숨을 쉬었다.

'대체 어디에 계신 겁니까, 회장님.'

148

'로얄 살루트 헌드레드 캐스크'를 통해서 테리우스를 속이는데 성공했다.

우주와 권왕은 가장 먼저 다시 돌아오고 있는 권창우와 남궁민을 발견하고 권여정과 남궁연을 뒤쫓아 가기 시작했다.

우주는 분명 테리우스가 탐색 마법을 시전할 것이라고 예상했다. 그래서 100개의 통나무를 전부 소진하는 한이 있더라도 테리우스를 속이기 위해서 길목마다 하나하나 통나무로 위장을 시키는 것을 우주는 잊지 않았다.

그렇게 권여정과 남궁연을 찾아 낸 일행은 전부 합류하게 되었다.

이제 이곳을 벗어나기만 하면 되는 상황이었다.

그때, 중국무림협회의 상공에 거대한 드래곤이 나타났다. 우주는 드래곤의 위용에 압박감을 느끼면서도 무언가 큰일이 벌어질 것 같다는 느낌을 받았다.

그래서 재빨리 이곳에서 살아나갈 수 있는 스킬이 무언가 없을지, 뒤지기 시작했다.

급할 때 스킬을 찾는 습관이 나온 것이다.

그때였다.

[위험! 광포해진 레드 드래곤 테리우스가 브레스를 내뿜

습니다. 5초 후, 브레스가 도달합니다.]

 우주는 시스템이 알려주는 위험 신호를 듣고 다급히 스킬을 시전했다.
"스킬, 'J&B' 시전."

[스킬 'J&B'를 시전합니다. 어떤 것을 연결해주거나 이어줍니다. 무엇을 연결하겠습니까?]

"워프게이트! 시간 없어!! 빨리 열어!!"

[목적지를 설정하지 않은 워프게이트가 열립니다.]

"뛰어!!"
 우주 일행의 전면에 거대한 워프게이트가 생성되었다.
 브레스가 떨어지기 직전, 우주 일행은 워프게이트로 들어갈 수 있었다.

[레드 드래곤 테리우스에게 벗어났습니다. 삶과 소정의 랜덤 보상이 지급됩니다.]

 그리고 현재.
"…대체 여긴 어디야?"

대자연의 웅장함이 느껴지는 곳에서 우주는 홀로 서 있었다. 목적지를 설정하지 않은 것이 큰 패착이었다.

일단 살았으니 다행이지만, 이렇게 생뚱맞은 곳에 떨어질 줄은 생각지 못했다.

"스킬의 여파인가……."

스마트폰이 고장 나서 켜지지도 않았다.

'폰이 켜졌다면 위치라도 알 수 있었을 텐데…….'

우주는 다른 사람들이 걱정되었지만 일단은 이곳이 어디인지 알아내는 것이 급선무였다.

"상황이 참 뭐 같은데, 아름답기는 정말 아름답네."

푸른 하늘 아래, 거대한 절벽 사이로 떨어지는 폭포가 눈에 담겼다.

폭포가 하도 크다보니 무지개가 생길 정도였다.

지구에 이런 곳이 있었나 싶을 정도로 아름다웠다. 우주는 위대한 자연 앞에 한없이 작아지는 것을 느꼈다.

"일단 뛰어볼까."

뛰다보면 누군가를 만나지 않을까하는 생각이 들었다.

우주가 제운종을 발휘해서 강의 흐름을 따라 하류로 내려가기 시작했다.

"으음……."

강을 따라서 내려가던 우주는 누군가가 흘리는 신음소리를 듣고 그쪽으로 발길을 돌렸다. 익숙한 목소리였다.

숲속에서 난 소리였기에 나무가 무성한 숲을 헤쳐나간

우주는 혼절해 있는 남궁연을 발견했다.

남궁연 역시 혼자 떨어진 것 같았다.

쓰러져 있는 남궁연에게 다가간 우주는 남궁연이 다리에 부상을 입었다는 사실을 알 수 있었다. 어디서 어떻게 게이트가 남궁연을 떨어뜨린 것인지는 모르겠지만 남궁연의 왼쪽 종아리에 뾰족한 돌이 박혀 있었다.

피가 조금씩 흘러나오고 있었기 때문에 우주는 일단 지혈부터 해야겠다고 생각하면서 입고 있던 셔츠의 팔 부분을 뜯어냈다.

상처 부분의 돌을 제거하고 천 조각을 종아리에 감았다. 어느 지혈이 된 것 같았다.

"힐."

마지막으로 간단한 치료마법을 시전하자 남궁연의 안색이 눈에 띄게 좋아졌다.

한 고비를 넘긴 남궁연의 옆에 우주가 쓰러지듯 누웠다.

술이 마시고 싶었다.

흑호

손민수는 우주와 권창우, 남궁민이 사라진 UN그룹을 경영하고 있었다. 그는 잠을 거의 못 잘 정도로 바빴다.

우주와 권창우가 사라졌지만 류시우를 통해 우주가 살아 있다는 것을 알았기에 크게 걱정하지 않았다.

손민수가 아는 우주는 무슨 일이 있어도 돌아올 사람이었다. 그렇다면 그가 해야 하는 일은 우주가 돌아왔을 때, 완벽히 그를 보조할 수 있도록 준비하는 것이다.

그룹의 일을 손민수가 맡았다면 초이스 아카데미의 업무는 다섯 직원이 도맡아서 처리하고 있었다.

2차 시험이 끝난 후, 초이스 아카데미의 상, 중, 하급팀과 신입팀은 아카데미에서 교육을 받으면서 몬스터 구현화 시스템을 통해 한층 더 성장하고 있었다.

우주가 원하는 초이스 아카데미의 졸업생들은 엘리트 초이스가 되어야 했다. 특히 몬스터를 상대하는데 있어서는 제일 뛰어나야만 했다.

언제, 어느 때에 어떤 몬스터가 튀어나오더라도 침착하게 몬스터를 처리할 수 있도록 만들고 싶었다.

그리고 다섯 직원과 이만길은 우주가 원하는 대로 초이스 교육생들을 키웠다.

특히 다섯 직원은 분야별로 초이스들을 키우고 있었다.

"강용기 팀장님."

"무슨 일이지?"

"몬스터의 전진을 조금 더 쉽게 막는 방법은 없을까요?"

다섯 직원 중 탱커 분야를 맡은 강용기가 방패를 들고 있는 중급팀의 초이스들을 보면서 설명을 시작했다.

"적의 힘을 온전하게 내 힘으로만 받아낼 생각을 하지 마라. 그건 제일 멍청한 생각이다. 한번 와 보도록."

"네?"

"돌진해보란 말이다."

중급팀의 초이스 하나가 강용기의 말에 따라서 무작정 강용기를 향해서 방패를 들고 돌진했다.

강용기는 중급팀 초이스가 달려오는 것을 지켜보다가 부딪치는 순간, 피해버렸다.

"어어?"

털썩.

완전히 부딪칠 생각으로 달려들었던 중급팀 초이스는 강용기가 피하자 넘어져버렸다.

"이렇게 피하는 것 또한 방법 중 하나이다. 요는! 상대의 힘을 이용하란 말이다. 넘어진 상대를 이렇게……."

강용기가 단검을 들이대자 중급팀 초이스가 깜짝 놀라면서 자리를 박차고 일어났다.

"제압할 수도 있다는 것이다."

"오오!!"

강용기의 설명을 듣고 있던 중급팀 초이스가 박수를 치기 시작했다. 이렇게 직접 시연을 통해서 개념을 깨쳐주는 강용기가 있는 반면, 몬스터 구현화 시스템 속에서 수업을 하는 사람도 있었다.

바로 신수아였다.

"그렇게 움직이면 죽는다니까?"

와이번의 이빨에 씹힐 뻔한 채민아를 바람의 힘으로 살려낸 신수아가 말했다.

1단계에서 9단계까지 있는 몬스터 구현화 시스템은 현재 6단계까지 개방된 상태였다.

초이스 상급팀의 인원들을 신수아가 가르치고 있었다.

"힝."

사제인 채민아가 와이번을 상대로 재빠르게 움직일 수

있다는 자체가 대단한 일이었다.

"도와줄까."

"최진수!"

"넵!"

최진수가 채민아를 걱정하는 말을 하자 불호령이 떨어졌다. 신수아는 최진수를 보고 싱긋 웃어 보이더니 그가 있는 공간의 구현화 시스템을 한 단계 높였다.

"아… 팀장님!"

"젠장."

최진수의 눈앞에 그리핀이 나타났다. 채민아를 제외한 나머지는 그래도 손쉽게 와이번을 상대하고 있었는데 최진수 때문에 다같이 그리핀을 상대하게 생겼다.

"강태풍이랑 적설진 없이 그리핀은 너무 가혹한 거 아닙니까?!"

강민호가 볼멘소리를 했다.

하지만 신수아는 피식 웃으면서 말했다.

"실제로 그리핀이 나타났을 때, 옆에 강태풍이랑 적설진이 없다고 생각해봐라. 그때도 '아, 애들이 없어서 내가 죽는구나' 이렇게 말할 거냐?"

강민호의 표정이 급격하게 굳었다.

만약 그런 상황이 온다면 남을 탓할 때가 아니었다.

강민호의 표정을 보고 신수아가 속으로 중얼거렸다.

'어떨 때는 지키고 싶은 사람이 있어도 그가 너무 뛰어나

서 지킬 수 없을 때도 있단다.'

신수아의 표정을 보지 못하고 강민호는 그리핀을 향해서 농구공을 튀기며 달려들었다.

"쯧쯧. 저기 또 죽어나겠군."

"그나저나 적설진님이랑 강태풍님은 어디로 가신 거예요?"

신입팀을 맡은 하태우가 신수아를 보면서 중얼거렸다.

그러자 신입팀의 순수함을 담당하는 이사랑이 하태우에게 질문했다.

"어디로 갔겠어? 회사에서 가장 중요한 사람들이 사라졌는데 밑에 있는 사람들이 그걸 가만히 놔두겠니?"

"설마?"

하태우는 묘한 미소를 지어보였다.

*　*　*

"귀가 간지럽네요."

"누가 우리 얘기를 하나보군."

"하하. 그러게요. 그나저나. 미국이라니. 다들 멀리까지도 왔네요."

강태풍은 이 큰 땅덩어리에서 어떻게 회장을 찾을지 고민하기 시작했다. 우주가 사라진 후, 한국 정부와 UN그룹에서는 우주를 찾는데 최선을 다하기로 했다.

류시우가 긴급 상황인 탓에 초이스 아카데미를 이탈해서 대통령인 한인재를 도왔다. 덕분에 UN그룹에서는 우주의 생존을 알 수 있었다.

다만, 게이트의 목적지는 알지 못했기 때문에 우주를 찾는 것은 모래사장에서 바늘을 찾는 것과 같았다.

그렇게 회의에 회의를 거듭하다가 나온 아이디어로 인해 우주의 행방을 찾을 수 있는 방법이 생겼다.

그 방법이란 바로 마켓 타워를 이용하는 것이다.

현재의 초이스들은 아무래도 마켓 타워를 이용하는 빈도가 낮았다.

그 이유는 스텟이 바로 마켓에서의 화폐였기 때문이다.

힘들게 레벨을 올려서 얻은 스텟을 마켓에 투자하고 싶지는 않을 것이다.

그러나 우주를 찾기 위해 성심성의껏 스텟을 내놓은 초이스들의 도움으로 적설진은 마켓에서 적당한 것을 구입할 수 있었다.

"근데 이거 정확하겠죠?"

"모르지."

지부장이 확답을 했으니 정확할 거라고 생각은 했지만 혹시 모르는 일이었다.

"스텟을 30포인트나 받아먹어놓고 이상한 걸 주진 않았겠죠."

적설진이 구입한 아이템은 바로 '탐지 레이더'였다.

마치 일곱개의 볼을 모으는 만화에 나오는 탐지기처럼 생긴 탐지 레이더를 들고 강태풍이 움직였다.

"어떻게 이렇게 따로 떨어져 있는지……."

탐지 레이더에는 4개의 점이 찍혀 있었다.

각자가 지닌 물건으로 위치를 추적하는 탐지 레이더를 통해 적설진과 강태풍은 우주와 일행들을 찾았다.

"일행이 더 생겼다고 했으니, 같이 있을 수도 있지."

남궁연과 권여정의 소지품은 가지고 있지 못했기 때문에 레이더 상에 나타날 수가 없었다.

강태풍은 지도와 레이더를 번갈아보다가 말했다.

"근데 이쪽이면 옐로스톤 국립공원 방면인데요?"

"거기가 어딘데?"

옐로스톤 국립공원(Yellowstone National Park).

미국의 국립공원으로 와이오밍, 몬타나, 아이다호주에 걸쳐 있는 곳이다. 이곳에는 만가지가 넘는 지리적 물질이 있으며 지구 간헐천의 3분의 2에 해당하는 300개의 간헐천이 있는 것으로 알려져 있다.

미국을 여행할 때 대표적인 관광지로 손꼽힌다.

하지만 위험한 곳이기도 했다.

"입구가 총 다섯개인데, 어디로 들어갈 거지?"

적설진이 묻자 강태풍이 웃으면서 대답했다.

"저희가 관광하러 온것은 아니잖아요?"

지금은 비상 사태였다.

류시우의 말에 따르면 세계 초이스 대책 본부에서도 우주를 찾는데 최선을 다할 것이라 했으니, 어느 정도 불법을 저지르더라도 눈감아 줄 거라고 생각했다.

"가죠."

＊　＊　＊

"덥군요."

"어."

하필 같이 떨어져도 이렇게 떨어지다니. 권여정은 어딘지도 모르는 곳에서 같이 걸어가는 남궁민을 바라보았다.

한때나마 연인 사이었던 둘이었다. 정말 불편했다.

남궁민은 뒤에서 따라오는 권여정을 좋게 생각할 수 없었다. 어쩌면 이 모든 일의 원흉이었다.

브레스가 떨어지는 그 순간, 남궁민은 동생을 데리고 게이트로 뛰기 바빴다.

지금 생각해보면 분명 그 일대는 폐허가 됐을 것이다.

그곳에 계셨던 아버지 역시 브레스에 삼켜졌을 것이다.

"드래곤……."

아버지의 소식을 듣지도 못한 채, 남궁민은 드래곤에 대한 복수심을 가질 수밖에 없었다. 거기다 남궁연까지 행방불명되었으니 모든 것이 스트레스였고 신경 쓰이는 상황이었다.

그런 남궁민의 분위기를 눈치챈 걸까?

권여정은 남궁민을 대하는 것이 조심스러웠다.

쿠쿠쿠쿵.

그때 땅울림이 느껴지기 시작했다.

남궁민은 땅울림의 진원지를 찾기 시작했다.

"버팔로?"

저 멀리서 버팔로 떼가 지나가고 있었다.

한국이나 중국에서는 볼 수 없는 풍경이었다.

권여정과 남궁민은 들판을 뛰어다니는 버팔로 떼를 멍하니 쳐다보았다.

"대충 지구에서 어느 쪽인지 정도는 감이 잡히는군."

치이익!

이번에는 무언가 끓는 소리가 나자 남궁민이 소리가 난 방향을 돌아보았다.

소리가 들린 것이 꽤나 가까웠기에 남궁민은 긴장을 했다.

하지만 막상 돌아보니 진흙이 끓고 있었다.

"예쁘다……."

무심코 말을 뱉어낸 권여정이 지금의 처지를 떠올리고 입을 가리자 남궁민은 권여정이 바라본 곳을 쳐다보았다.

푸른 물빛과 갈색 대지의 조화가 아름다운 절경을 담아내고 있었다.

"확실히 예쁘긴 하군."

남궁민은 이 절경을 바라보고 있을 다른 사람들을 떠올렸다. 우주와 권창우, 권왕과 남궁연은 대체 어디에 있는 것인지 정말 궁금해졌다.

　한편, 권왕과 권창우는 오랜만에 스승과 제자로서 오붓한(?) 시간을 가지고 있었다.

　"일단, 산 것 같긴 하구나. 제자야."

　"네. 스승님."

　푸화확!!

　그때 권왕이 서 있던 땅에서 분수처럼 물이 솟구쳐 올랐다. 재빨리 제운종을 시전해서 자리를 피한 권왕과 권창우는 솟구치는 뜨거운 물을 바라보았다.

　"간헐천인가 보구나."

　높게 솟구치는 간헐천의 모습을 본 권왕이 중얼거렸다.

　"흠. 확실한 건, 중국이나 한국은 아닌 것 같구나."

　"그럼 우리도 움직여볼까."

　만약 근처에 일행들이 있다면 직접 발로 뛰어 찾아야 했다.

＊　＊　＊

　"괜찮습니까?"

　남궁연이 종아리를 절뚝이면서 걷자 우주가 물었다.

　처음에 일어났을 때, 우주가 다리를 주무르고 있는 것을

보고 얼마나 놀랐던가.

다리에 통증이 느껴지지 않았다면 공격할 뻔했다.

그렇게 어색한 시간을 보낸 후, 우주의 제안에 따라 남궁연과 우주는 이동하고 있었다.

"네. 괜찮습니다. 그런데 이쪽으로 가면 정말 오라버니를 만날 수 있는 건가요?"

"물론이죠."

우주는 그렇게 말하면서 허공을 응시했다. 우주가 가지고 있는 스킬 중에서 '위치추적'이라는 스킬이 있었다.

게이트 내에서만 아군의 위치를 파악할 수 있는 줄 알고 조마조마했는데 다행히 파악이 되었다.

겸사겸사 스킬 '지도'까지 레벨이 오르면서 세계지도로 업그레이드가 되었다.

덕분에 우주는 지금 이곳이 어디인지 알 수 있었다.

지금 우주와 일행들이 있는 곳은 미국에 있는 옐로스톤 국립공원이었다.

모두 얼마 떨어지지 않은 곳에 있었다.

거기다 어떻게 알았는지. 적설진과 강태풍도 근처에 있었다.

"그러고 보니 고맙다는 말씀을 안 드렸네요."

"뭐가 고마운 거죠?"

"목숨을 구해주셔서 감사합니다."

우주 덕분에 이렇게 살아남았다.

그곳에 있던 다른 사람들은 분명, 모두 죽었을 것이다.

그녀의 아버지조차도 말이다.

"고맙다는 인사는 남궁민에게 해야지."

실질적으로 남궁연을 챙긴 것은 남궁민이었다.

우주는 살 수 있는 구멍을 만들어 주었을 뿐이다.

"그래도요."

"그래요? 고마우면 이제 그만 부축을 받는게 어떤가요?"

우주는 남궁연의 절뚝거리는 발을 보면서 계속 신경이 쓰였다. 우주의 잘못은 아니었지만 남궁민에게 괜히 미안해졌기 때문이다.

"네? 정말 괜찮아요."

"아프면 이야기하세요."

계속된 남궁연의 거절에 우주는 더 이상 호의를 베풀지 않았다. 부담을 주고 싶진 않았기 때문이다.

"그나저나 왜 여기로 떨어진 걸까?"

목적지를 설정하지 않았다고 하더라도 하필 수많은 곳들 중에서 이곳, 옐로스톤 국립공원에 떨어진 이유가 분명히 있을 것이다.

"에이, 설마. 우연이겠지?"

갑자기 꿈에서 봤던 '그 존재'가 떠오른 것은 우연이었을까?

우주는 왠지 불길함을 느꼈다.

띠링!

불길한 소리가 우주의 머릿속에 들려왔다.

잠시 후 나타난 메시지 창을 우주는 뚫어지게 바라보았다.

[옐로스톤 국립공원의 흑호를 잡으시오.]
—난이도 : A
—제한시간 : 없음.
—보상 : 흑호의 내단, 흑호의 능력, 연계 퀘스트.
—실패시 패널티 : 드래곤에게 발각됨.

"왜 흑호를 못 잡으면 드래곤에게 발각이 되는 건데?!"

그나저나 처음 게이트 안에서만 나타났던 몬스터들이 점점 게이트 밖을 돌아다니고 있었다.

우주는 이런 상황이 마음에 들지 않았다.

한 고비 넘어서면 또 다른 고비가 찾아왔다. 이런 시련을 헤쳐 나가기 위해 UN그룹을 설립한 것은 아니었다.

"괜찮으세요?"

우주가 답답함을 참지 못하고 신경질을 내자 남궁연이 물어왔다. 우주는 남궁연을 보고 이성이 돌아왔다.

하지만 진정이 되지 않았다.

그래서 우주는 냅다 자리에 앉았다.

"에?"

우주가 주머니에서 술을 꺼내자 남궁연이 당황하는 표정으로 물었다.

"뭐하시는 건가요?"

꿀꺽꿀꺽.

"캬아. 한잔 하시겠습니까? 이게 기주라는 건데, 기 회복에 탁월한 술입니다."

[알코올을 섭취하였습니다. 스텟 포인트가 1포인트 증가합니다.]

역시 우주는 계속해서 술을 마셔야겠다고 생각했다.

초이스 2단계로 각성해서 알코올을 다스리는 단계가 되었음에도 술을 마시는 순간 정신이 확 맑아졌다.

알코올 중독자가 되어버린 것 같았다.

우주의 안색이 순식간에 좋아지자 신기함을 느낀 남궁연이 우주의 옆에 조심스럽게 앉았다.

안 그래도 다리가 아프던 터라 쉬고 싶은 마음이었다.

"한병 주시겠어요?"

잔이 따로 없는 것을 본 남궁연이 대뜸 한병을 달라고 말하자 우주가 피식 웃으면서 남궁연에게 기주 한병을 넘겼다.

아무리 많이 마셔도 취하지 않는 술이 바로 기주였다.

한병쯤 통째로 마신다고 무슨 일이 일어날 리 없었다.

우주에게 기주를 받은 남궁연이 우주가 마셨던 것처럼 기주를 꿀꺽꿀꺽 마시기 시작했다.

"와아. 이거 맛있네요?"

"그렇죠?"

일부러 기주 버전 중에 맛이 첨가된 술을 주었던 우주는 남궁연이 기주를 칭찬하자, 마치 자신이 칭찬을 받은 것처럼 뿌듯했다.

"그거 아세요? 저 술 처음 마셔보는 거예요."

"네?"

"상황이 상황이잖아요. 회장님께서는 오라버니가 살아 있다고 확신하시지만, 저는 오라버니를 만나기 전까지 안심이 되지 않아요. 거기다 중국무림협회에서 드래곤의 브레스에 당하셨을 아버님을 생각하면……."

술을 마시는데 거리낌이 없기에 당연히 마셔봤을 줄 알았다. 거기다 남궁연의 아픈 다리만 생각했지, 속마음이 어떨 지는 단 한번도 생각해본 적이 없었다.

분명 브레스가 직격당한 중국무림협회에 있던 사람들은 모두 즉사했을 것이다.

우주도 머릿속으로 알고는 있었지만 일행들을 모두 살리기도 했고 딱히 떠올리고 싶지 않았다.

하지만 많은 희생자가 발생한 사실은 변하지 않았다.

"죄송합니다. 제가 생각이 짧았군요."

"아니요. 회장님께서 잘못하신 건 없어요."

어색한 침묵이 감돌자 남궁연이 먼저 용기 있게 말했다.

"한잔 할까요?"

"아, 네."

남궁연이 술병을 먼저 마주쳐왔다.

우주는 남궁연과 술을 마시면서 생각했다.

사람들을 구하는 것을 최우선으로 두고자 했다.

그런데 정작 위급한 상황이 되자 본인의 목숨과 지인들의 목숨만 생각했다.

사람인 이상, 이기적인 것은 어쩔 수 없는 일이었지만 우주는 자책할 수밖에 없었다.

만약 우주가 드래곤을 저지할 수 있는 능력을 가지고 있었다면, 이렇게 허무하게 많은 사람들이 죽지는 않았을 것이다.

우주는 이제부터라도 드래곤을 잡기 위해 모든 방법을 동원해야겠다고 생각했다.

이대로 테리우스가 세계 전역을 돌아다니며 브레스를 난사하는 날에는 인류가 멸망할 수도 있었다.

"고맙습니다. 덕분에 그래도 기분이 나아졌네요."

"제가 뭘 했다고요."

우주가 기운을 차리자 빙긋 웃어 보인 남궁연이 말했다.

"그럼 다시 이동할까요?"

"네."

크허엉!!

그때 주위를 울리는 거대한 울음소리가 들려왔다. 본능적으로 우주는 이 울음소리가 흑호라는 것을 깨달았다.

"여기 잠시만 있어요. 아, 혹시 모르니까. 스킬, '화이트 호스' 시전."

[스킬 '화이트호스'를 시전합니다. 영물, 백마를 소환합니다.]

히이이이잉!!

백색 갈기를 뽐내는 멋진 백마가 남궁연의 옆에 고개를 숙이고 있었다.

"그럼."

"네? 회장님!"

남궁연이 위험할 수도 있었기에 남궁연에게 백마를 소환해 준 우주는 흑호에게 제운종을 펼쳐서 달려갔다.

퀘스트를 완수하지 못하면 준비되지 못한 상태로 다시 드래곤을 마주해야만 했다.

우주의 예상대로 거대한 흑호 한마리가 들판을 거닐고 있었다.

[흑호]

Lv.50

"레벨 50이라……."

드래곤의 레벨은 알 수가 없었다.

드래곤보다는 상대할 만한 상대라는 것을 깨달은 우주는 혼자서 흑호를 처리하고자 했다.

각성한 능력을 십분 발휘하면 흑호정도는 충분히 상대할 수 있을 것 같았다.

그래도 가장 좋은 방법은 녀석이 모르게 녀석의 숨통을 끊는 것이다.

우주는 기척을 죽이고 천천히 흑호에게 다가갔다.

"내가 바보도 아니고, 그렇게 다가온다고 모를 것이라고 생각하는 건가?"

하지만 곧 귀청을 울리는 목소리에 우주는 우뚝 멈춰 섰다. 흑호가 정확히 우주를 노려보고 있었다.

"뭐야? 말할 수 있는 거였어?"

그렇게 중얼거린 우주는 기습이 불가능하다는 것을 깨닫고 몸을 풀면서 흑호에게 천천히 걸어갔다. 어느새 양손에는 기주를 꺼내서 들고 있는 상태였다.

"날 무시하는 건가?"

"아니, 아니. 그런 건 아니고. 먼저 공격한 것도 아닌데 왜 내가 널 쓰러뜨려야 하는지 의문이 들어서."

흑호는 우주가 참 이상하고 신기한 인간이라고 생각했다. 옐로스톤 국립공원에서 흑호는 야생의 왕이었다.

그렇지만 불과 얼마 전까지 이렇게 인간의 말을 할 수 있

172

는 능력은 없었다. 하늘이 개벽하는 사건이 있던 날, 흑호
는 하늘의 기운을 받아서 영물이 되었다.

그리고 옐로스톤 국립공원에 생겨난 게이트에서 '그'를
만나고 흑호의 호생은 180도 달라졌다고 해도 과언이 아
니었다.

오늘 이렇게 주변을 돌고 있던 것은 '그'의 지시 때문이
다.

"날 쓰러뜨린다고? 네가?"

흑호가 콧방귀를 뀌었다. 한눈에 봐도 비실비실해 보이
는 녀석이 무슨 힘이 있다는 것인지 알 수 없었다.

그렇지만 흑호는 방심하지 않았다.

"그래야 할 것 같다."

우주가 빙정에서 맹꽁이를 꺼냈다. 우주 역시 동원할 수
있는 것은 전부 동원할 생각이었다. 스킬에 의존하지 말자
는 생각은 잊은 지 오래였다.

그 생각 때문에 알코올을 다루는 능력을 얻긴 했으나, 결
국 실전은 '다양한 상황에 어떤 것을 사용하느냐'에 달렸
다.

"그리고 이번 일을 통해 내가 느낀건 말이지."

우주가 기주의 뚜껑을 열어서 X자로 흩뿌렸다.

술병에 있던 술이 하늘로 치솟았다.

하늘로 솟았던 술이 하늘에 둥둥 떠 있는 것을 보고 흑호
가 눈빛을 빛냈다.

"주검술(酒劍術), 엑스칼리버."

하늘에 떠있는 알코올이 날카로운 성질을 머금고 흑호에게 떨어져 내렸다. 하늘에 둥둥 떠다니는 술은 술병에 연결된 거대한 검과 같았다.

흑호는 위험을 느끼자 전신에서 검은 기운을 뿜어대기 시작했다. 검은 기운을 전신에 두른 흑호가 우주의 술로 만들어진 검을 몸으로 받아내었다.

카앙!

"카앙?"

어느 정도 타격은 있을 줄 알았는데 마치 호신강기처럼 검은 기운은 흑호의 전신을 보호해주고 있었다.

우주는 흑호의 전신을 감싼 기운에 의문을 느끼며 알코올의 통제를 풀었다.

쏴아아.

마치 비가 떨어지는 것처럼 술의 비가 내렸다.

흑호는 혹시나 어떤 영향을 미칠까 싶어서 비를 맞지 않기 위해서 도망가려다 술이 아무런 위해를 끼치지 않자 바로 우주에게 달려들었다.

무언가를 할 수 있는 시간조차 주지 않겠다는 의도였다. 우주는 흑호가 다가오자 중얼거렸다.

"알코올 포이즌."

괜히 술을 땅에 뿌린 것이 아니었다.

'알코올 포이즌'으로 인해 대지가 독지로 변해버렸다.

174

과연 독을 밟고도 멀쩡할 수 있는지 궁금했다.

"전혀 이상이 없군."

우주가 제운종을 펼쳐서 몸을 빼지 않았다면 큰 부상을 입을 뻔 했다.

다가온 흑호가 날카로운 앞발을 휘둘렀기 때문이다.

정말 저 검은 기운이 대체 무엇이기에 검도 안 통하고 독도 안 통한단 말인가.

우주는 물러나면서 다시 기주를 꺼내 흑호에게 던졌다.

술병째로 날아오는 공격을 흑호는 본능적으로 흠칫거리면서 피했다. 흑호를 맞추지 못한 기주는 땅에 닿자마자 소리를 내며 폭발해버렸다.

"피해?"

알코올의 성질을 폭(爆)으로 바꾼 결과였다.

그마저도 비장의 한 수라고 생각했는데 그걸 피하다니, 우주는 흑호가 생각보다 까다로운 상대라고 생각했다.

그리고 다시 한번 양손에 기주를 꺼내들었다.

검은 기운을 뚫어야 했다. 알코올에 창(槍) 속성을 부여하자 술병 안에 들어 있던 술들이 창의 형태를 띠었다.

우주는 술로 만들어진 창을 흑호를 향해서 던졌다.

흑호는 날아오는 창을 보면서도 눈 하나 깜짝하지 않고 오히려 창을 향해서 달려들었다.

창을 물어뜯으려 한 것이다.

"럭키."

일반적인 창이 아니란 사실을 간과한 것이다.

"터져라."

펑!

흑호가 정확히 창을 물었을 때 창이 터져나갔다.

흑호가 저 멀리 밀려나가는 것을 본 우주는 지금이 기회라고 생각했다.

양손에 기주를 든 우주가 쌍검을 든 자세를 취하면서 흑호에게 달려들었다. 흑호는 입속에서 터진 술 때문에 정신을 못 차리고 있는 상황이었다.

알코올 검을 만들어 강기를 덧씌운 우주가 흑호의 목을 향해서 알코올 검을 내려쳤다.

흑호의 검은 기운은 우주의 강기를 막지 못했다.

검은 기운이 갈라지더니 흑호의 살이 드러났다.

크허엉!!

흑호가 고통스럽게 울부짖었다.

블랙 드래곤 다크니스

크허엉!!

흑호의 울부짖음에 눈을 감고 있던 '그'가 눈을 떴다.

"어떤 녀석이 감히……."

눈을 뜬 그의 몸에서 검은 기운이 밝게 뿜어졌다가 사라졌다. 그러자 그의 모습이 사라져버렸다.

우주와 흑호가 싸우는 곳으로 텔레포트한 그는 흑호의 목에 검을 대고 있는 우주를 보고 검지를 들었다.

"죽어라."

번쩍!

검지에서 쏘아져 나간 빛이 우주의 머리통을 뚫으려던

찰나, 칭호 '천년무인'이 발동했다.

[천년무인]
—천년동안 모은 기운을 사용한 적이 있는 무인. 칭호 장착 시 죽을 위기에 처했을 경우, 천년의 기운이 단 한번 도움을 줄 것이다. 도움을 주었을 경우 칭호 삭제.

[죽을 위기에 처한 칭호 장착자에게 천년의 기운이 일시적으로 깃듭니다. 칭호 '천년무인'이 삭제됩니다.]

팅.
우주의 머리가 강철보다 더욱 단단해지면서 누군가 쏘아 보낸 빛이 우주의 머리를 맞고 튕겨나갔다.
머리에 통증을 느낀 우주가 흑호에게서 멀리 떨어졌다.

[위험!! 경고!! 블랙 드래곤 다크니스가 등장했습니다.]
[옐로스톤 국립공원의 흑호를 잡지 못했습니다. 드래곤에게 발각됩니다.]

[블랙 드래곤 다크니스의 협조를 얻으시오.]
—난이도 : S
—제한시간 : 없음
—보상 : 조력자.

―실패시 패널티 : 레드 드래곤 테리우스에게 발각됨.

메시지의 알림으로 방금 전, 죽을 뻔 했다는 사실을 깨달은 우주는 침을 꿀꺽 삼켰다.

드래곤에게 발각된다고 해서 테리우스에게 발각된다는 소리인 줄 알았는데, 그게 아니었다.

아무래도 세계 각 국마다 드래곤이 있는 것은 아닐까.

우주는 어떻게 하면 퀘스트를 잘 수행할 수 있을지 생각하기 시작했다.

검은 머리의 남자가 우주를 뚫어져라 바라보고 있었다.

저 넘실거리는 검은 기운으로 보아 흑호는 블랙 드래곤이 기르는 개나 다름없는 것 같았다. 개의 목에 칼을 들이댄 사람의 협조를 얻어내라는 말이나 다름없었다.

우주는 속으로 한숨 쉬면서 모든 신경을 블랙 드래곤으로 추정되는 남자에게 집중하기 시작했다.

"어떻게 방금 살 수 있었던 것이지?"

분명 머리가 터져나가서 죽었어야만 했다. 그런데 강력한 기운이 녀석의 머리를 보호하더니 쏘아 보낸 기운을 튕겨내었다. 인간 모습의 블랙 드래곤 다크니스는 궁금증을 접고 치명상을 입은 흑호에게 다가갔다.

"리커버리(Recovery)."

블랙 드래곤의 마법에 흑호가 원래의 상태로 돌아오기 시작했다.

우주는 그 모습을 보면서 계속해서 블랙 드래곤의 마음을 돌릴 수 있는 방법을 고민하고 또 고민했다.

"인간."

흑호를 치료한 다크니스가 우주를 불렀다. 우주는 신경을 잔뜩 곤두세운 채로 대답했다.

"왜… 부르십니까."

차마 반말이 나오지 않는 우주였다.

"왜 여기 있는 거지?"

이곳, 옐로스톤 국립공원은 유명한 관광지였으나 '그날' 이후, 야생동물들과 몬스터의 세상이 되어버렸다.

그 후로는 초이스를 제외하고 인간은 이곳에 발을 들일 생각조차 못했다.

하지만 그 인간 초이스들조차 흑호 때문에 발을 끊은 상황이었다. 블랙 드래곤 다크니스 또한 이런 상황을 이해하고 있었다. 그러던 와중 느닷없이 나타난 강한 인간에 대해서 다크니스는 호기심이 생겼다.

우주는 이게 기회라고 생각했다.

'어쩌면……'

우주는 머릿속으로 생각한 말들을 풀어내기 시작했다.

"레드 드래곤 테리우스에게 도망치다보니, 이곳까지 와버렸습니다. 그렇게 도망쳐 온 이곳에서 우연치 않게 흑호를 만나게 되었습니다. 그리고 흑호가 위협이 된다고 생각한 저는 흑호를 공격했습니다. 이게 그전의 상황이었습니

다."

"레드 드래곤? 동족이 있었단 말인가?"

우주의 말에 놀라는 다크니스를 보고 우주는 이거라고 생각했다.

"레드 드래곤에 대해서 들어보신 적이 없으십니까?"

사실 드래곤에 대해서는 잘 몰랐지만 다크니스가 테리우스를 모른다는 사실은 알아챌 수 있었다.

그렇다면 둘을 엮으면 어떻게든 빠져나갈 방도가 생기지 않을까하고 우주는 생각했다.

"동족이 있다는 소리는 처음 듣는군. 자세히 말해보도록."

마치 네가 그걸 얘기하는 것이 당연하다는 것 같은 말투였다. 우주는 질렸지만 목숨을 보전하기 위해 다크니스의 말에 순순히 대답하는 척 했다.

"중국 대륙에 레드 드래곤 테리우스가 브레스로 한 지역을 쑥대밭으로 만들었습니다."

"브레스를……?"

다크니스는 브레스를 뿜었다는 말에 꽤 놀라는 표정을 지었다. 드래곤이 브레스를 뿜는 경우는 두가지였다.

첫번째는 엄청나게 화가 나서 주위를 초토화시키고 싶을 때, 두 번째는 수세에 몰렸을 때였다.

다크니스는 우주를 천천히 살피기 시작했다.

분명 흑호보다 강한 것 같아 보이기는 한데, 드래곤을 위협할 정도는 아니었다. 특이한 것이 있다면 녀석의 몸에서 술 냄새가 진하게 난다는 것이다.

"흠. 성격이 뭣같은 녀석일 수도 있겠군. 그럼 이제 내 부하를 건드린 대가를 치러 볼까."

역시 그냥 넘어 갈 리가 없었다.

시간제한이 없는 것을 보고 흑호를 빨리 처리할 생각을 못 한 것이 패착이었다. 퀘스트의 내용은 '협조를 얻어라' 였다. 하지만 지금 상황으로는 협조는커녕 살해당하게 생겼다.

어떻게 하면 블랙 드래곤에게 협조를 얻을 수 있을지 계속해서 다크니스를 관찰하던 우주는 다크니스의 코가 벌렁거리는 것을 발견했다.

'설마?'

어떤 생각이 떠오른 우주는 밑져야 본전이라는 생각으로 '색다른 알코올'의 하위스킬 중 맨 위에 남아 있는 스킬을 사용하기로 결심했다.

"스킬 '사케' 시전."

[스킬 '사케'를 시전합니다. 사먹고 싶은 달달한 케이크를 아이템 창에 넣을 수 있다.]

아이템 창에 들어온 케이크를 우주가 기주와 함께 꺼내 들었다. 그리고 우주는 전신에서 알코올을 진하게 뿜어대

기 시작했다. 다크니스의 코가 더욱 더 벌렁거리는 것을 본 우주는 속으로 확신했다.

다크니스는 우주가 내뿜는 주향(酒香)에 반응하고 있었다.

"대가를 치르기 전에 최후의 만찬을 먹어도 되겠습니까?"

누구나 사먹고 싶은 달달한 케이크와 함께 술까지.

만약 다크니스가 애주가라면 이 케이크와 술을 포기할 수 없을 것이다.

"잠깐. 누가 마음대로 최후의 만찬을 꺼내라고 했지? 그거 가지고 와."

우주가 씨익 웃었다. 정말 별거 아닌 방법이지만 돌파구가 생겼다. 돌파구가 생긴 우주는 표정부터 변했다.

"제가 왜요? 어차피 대가를 치른다는 말의 의미는 결국 절 죽이겠다는 말이 아닌가요?"

다크니스가 짧은 검은 머리를 매만지며 인상을 찌푸렸다. 흑호를 건드린 것을 용서할 수는 없었다. 하지만 다크니스는 저 케이크와 이 강한 주향을 뿌리칠 수 없었다.

"좋아. 살려주지. 그러니까 지금 들고 있는 그거, 가져와."

이 스킬이 이렇게 유용하게 쓰일 줄은 상상도 못했다.

우주는 케이크와 기주를 들고 일어섰다.

일차적인 목표는 달성했다. 살아남는 것이 해결되었으

니 이제 본격적으로 협상을 할 차례였다.

"다크니스님께서는 술을 좋아하시나 보시군요."

"그래서?"

우주가 말이 많아지는 것이 다크니스는 거슬렸다.

다크니스의 말투를 듣고 우주는 다크니스의 심기가 불편하다는 것을 느꼈다. 하지만 이대로 협상을 종료하게 된다면 퀘스트를 깰 수 없었다.

"레드 드래곤 테리우스에게 복수하는 것을 도와주십시오. 도와만 주신다면 다크니스님께서 단 한번도 마셔보지 못한 술을 만들어 드리겠습니다."

이 방법이 먹히지 않는다면, 목숨을 걸고 드래곤과 싸울 생각이었다. 우주는 간절함을 담아서 이야기했고 우주의 말을 들은 다크니스가 침을 꿀꺽 삼켰다.

블랙 드래곤 다크니스.

그의 별명은 술에 미친 드래곤이었다. 드래곤 중에는 괴짜가 많았다. 만년 가까이의 수명을 가진 드래곤들은 평생을 살면서 삶에 지루함을 느끼게 되고 자해하는 경우가 종종 생겼다. 그걸 방지하기 위해 드래곤들은 취미생활을 즐기는 편이었다.

그리고 다크니스의 취미는 바로 술을 수집하고 마시는 일이었다. 물론 이건 전부 전(前) 차원에 있을 때의 이야기였다. 게이트를 타고 이곳으로 넘어온 이후에는 옐로스톤 국립공원에서 무료한 삶을 살고 있었다.

그러던 와중에 생전 처음 맡아보는 술 냄새를 맡게 되었다. 드래곤 하트가 펌프질을 하면서 뛰는 것 같은 기분에 사로잡힌 다크니스는 지금 당장 술을 마시고 싶었다.

"좋다. 하지만 네놈의 술이 내 성에 차지 않을 경우엔 없었던 일로 하지."

'됐다!!'

[블랙 드래곤 다크니스의 협조를 얻었습니다. 다크니스가 조력자로 등록됩니다.]

메시지를 본 우주가 다크니스에게 다가가서 케이크와 기주를 내려놓았다.

"보아하니, 애주가이신 것 같은데. 한잔 하시겠습니까? 제가 만든 술입니다. 이름은 기주라고 하죠."

"흥, 맛이 없으면……."

"일단 드셔보시지요."

술을 권유하는 우주의 말에 다크니스가 못 이기는 척 술병을 집어 들었다. 뚜껑을 열고 술병을 입으로 가져가는 다크니스의 행동은 사뭇 경건해 보일 정도였다.

꿀꺽꿀꺽.

알코올 중독자가 술을 끊었다가 다시 술을 마신다면 과연 어떻게 될까? 술이 입에 들어가는 순간의 희열은 그 어느 누구도 상상치 못할 것이다.

한동안 술을 끊었던 다크니스는 기주가 목구멍을 타고 넘어가는 순간, 기주에 반해버렸다.

많은 술을 마셔보았지만 기가 담긴 술을 마셔보는 것은 처음이었다. 술에서 청량감이 느껴졌다. 목구멍을 타고 넘어가는 기주의 청량함에 다크니스는 흠뻑 반했다.

그 모습을 지켜보던 우주가 아이템 창에서 기주를 열 병 더 꺼내들었다.

남궁연이 백마와 함께 우주가 있는 곳에 도착했을 때, 우주는 쌔근쌔근 자고 있는 검은 호랑이 옆에서 몇 십 병이나 되는 술을 다크니스와 마시고 있었다.

"괜찮아요?"

검은 머리의 남자가 누군지는 모르겠지만 우주와 흥겹게 술을 마시고 있는 것을 본 남궁연이 우주에게 다가와서 물었다.

"누구야?"

"제 동생의 동생입니다."

"그래? 내 이름은 다크니스다. 네 이름은 무엇이냐."

다크니스가 남궁연에게 관심을 보이자 우주가 눈짓을 했다. 남궁연은 똑똑한 여인이었다.

우주가 존대를 한다는 사실과 싸우러 갔던 사람이 술판을 벌이고 있다는 사실은 술을 마시는 검은 머리의 남자가 중요한 인물이라는 걸 말해주었다.

어지간해서는 웃음을 짓지 않는 남궁연이 조금 어색한

188

미소를 띠면서 검은 머리의 남자의 물음에 대답했다.

"남궁연이라 합니다."

"그래? 술 좀 마실 줄 아느냐?"

"얼마 전에 처음으로 마셔봤습니다."

"그럼 한잔 받거라."

마셔보긴 마셔봤으니 거짓말은 아니었다.

검은 머리의 남자가 누군지는 모르겠지만 우주의 태도를 보았을 때, 남자에게 맞춰주는 것이 신상에 이로울 것 같았다. 남궁연은 남자가 권하는 술을 받아들었다.

남궁연도 같이 어울려서 술을 마시던 다크니스가 우주를 보고 말했다.

"이렇게 마음 편히 술을 마신 것이 얼마만인지. 네놈에게 고마워해야겠구나."

다크니스의 말에 우주가 고개를 저었다.

술을 같이 마시는 것만으로 레드 드래곤에게 대항할 수 있는 방도가 생긴 것이다.

우주 입장에서는 꽤 싼 가격이었다.

"저야말로 제안을 수락해주셔서 감사합니다."

"누가 오는군. 술도 적당히 마셨으니, 난 이만 가보겠네. 무슨 일이 있다면 이 통신구로 부르면 될 거야."

"알겠습니다."

통신구를 받은 우주는 술을 적당히 마신 것이 서른병이냐고 묻고 싶은 것을 참고 고개를 끄덕였다.

익숙한 얼굴들이 눈에 들어왔기 때문이다.

"그럼, 다음을 기약하도록 하지."

다크니스가 사라지자 우주는 반갑게 우주를 향해서 뛰어오는 적설진과 강태풍을 보고 손을 흔들었다.

적설진과 강태풍이 도착하자 우주는 부모님과 아영의 안부부터 먼저 물었다. 혹시나 초이스가 되다가 큰일을 당하지 않았을까 걱정했기 때문이다.

다행히 우주의 가족들은 무사히 초이스가 되었다.

안심한 우주는 '위치 추적' 스킬과 탐지 레이더의 도움으로 차례차례 일행들을 찾기 시작했다.

그렇게 일행들을 찾으면서 우주는 강태풍에게 '그날' 이후의 일에 대해서 들었다.

'J&B'로 시공간을 통과했기에 생각보다 시간이 조금 흘러있었다. 우주가 사라진 직후, 세계에는 초이스 대책 본부가 세워졌으며 드래곤과 몬스터를 막기 위한 인간 연합이 설립되었다고 했다.

인간 연합이 설립된 이후, 각 나라는 드래곤이 침공했을 때를 대비하기 시작했다고 한다.

"브레스에 대한 대책을 마련한 것인가?"

"아니요. 그런 것은 아닙니다. 하지만 성과는 있었다고 해야 할까요?"

현대의 과학은 많이 발전하고 있었다. 얼마 전, 초이스들이 구해온 미지의 광석을 에너지원으로 사용할 수 있다는

것을 밝혀낸 연구원들이 광석을 통해 다양한 발명을 하고 있었다.

가장 대표적인 발명품은 역시 레이저 건(Laser Gun)이었다. 광석을 재료로 사용해서 만들어 낸 레이저 건은 일반적인 권총과 다르게 몬스터에게 피해를 줄 수 있는 총이었다.

미국의 한 과학자가 발명한 것으로 광석의 물량이 확보가 된다면 전 세계에 보급하겠다고 미국 대통령이 허가를 내렸다고 한다.

"이게 에너지원이란 말이지?"

우주는 인벤토리에서 빙정을 꺼내서 강태풍에게 보여주었다. 빙정 안에서 휴식을 취하던 맹꽁이가 나와 우주의 어깨로 올라갔다.

"아마 회장님께서 가지고 있는 건, 다른 광석들보다 가치가 더 클 거라고 예상하고 있습니다. 에너지원이 약한 것은 '조각'으로 칭해지고 에너지원이 강한 것은 '정수'라고 칭해진다고 합니다. 또 각각의 광석마다 담고 있는 기운이 다르다고 하는데, 아직 기운의 활용법에 대해서는 구체적으로 밝혀진 바가 없다고 합니다."

"그렇군."

우주는 그 과학자를 만나고 싶었다. 광석의 활용법을 안다면 어쩌면 보호막 같은걸 만들 수 있을지도 몰랐다.

"다 왔네요."

우주가 생각을 하는 사이, 강태풍이 레이더를 보면서 말했다. 남궁민이 근처에 있다고 나와 있었다.

우주 또한 '위치 추적'으로 보이는 점이 근처에 있다는 것을 확인하고 주변을 둘러보았다.

주변에는 폭포가 떨어지고 있었다. 이쪽으로 오다보니 더위가 심하게 느껴졌는데 아무래도 이 더위를 피하려고 폭포 쪽으로 움직인 것 같았다.

"회장님. 저 안인 것 같아요."

남궁연이 폭포를 가리키자 우주는 고개를 끄덕였다.

남궁연이 무엇을 보고 남궁민이 저기에 있다고 생각하는지는 모르겠으나, 만약 남궁민이었다면 어떤 위험이 도사릴지 모르는 이곳에서 폭포 안이 가장 안전한 곳이라 생각했을 것 같았다.

우주는 폭포 안으로 직접 들어가려다 권왕과 권창우가 빠른 속도로 이동을 하는 것을 보고 적설진을 불렀다.

"권왕님과 권창우에게 무슨 일이 생겼나보다. 폭포 안 수색을 부탁하지."

"네. 알겠습니다."

적설진에게 지시를 내린 우주가 남궁연을 돌아봤다.

남궁연은 백마 위에 걸터앉아서 폭포 쪽을 바라보고 있었다. 한폭의 그림같은 모습에 우주의 시선이 남궁연에게 잠시 머물렀다.

"여기 잠깐 있어주시겠습니까?"

"아, 네. 다녀오세요."

강태풍에게 넌지시 남궁연의 안위를 부탁한 우주가 권왕과 권창우가 있는 방향을 향해서 신법을 펼쳤다.

*　*　*

"제자야. 뭔가 잘못되고 있다는 생각이 들지 않느냐?"

권왕은 자신의 뒤를 쫓는 수많은 몬스터를 보고 질렸다는 표정을 지었다.

이렇게 몬스터가 많을 줄 몰랐다.

"네. 스승님의 투철한 퇴치정신만 아니었더라도 이렇게 쫓기는 일은 없었을 텐데요."

"지금 날 탓하는 게냐!"

"그럴 리가요."

권창우는 뒤를 따라오는 다양한 몬스터를 보고 의문이 들었다. 웜부터 시작해서 파이어 폭스, 웨어 울프까지 '몬스터 도감'으로 인해서 알고는 있었지만 처음 보는 몬스터들이 하나같이 둘을 노리고 있었다.

"여기서 뭐하고 있는 겁니까."

열심히 도망을 치는 와중에 반가운 목소리가 들려왔다.

"회장님!!"

"하하. 어쩌다보니 이렇게 되었네."

어떻게 하면 이렇게 쫓기게 되는 것인지 우주는 궁금했

다. 그러나 지금 중요한 것은 그것이 아니었다.

우주는 권왕과 권창우를 빼낼 방법을 고민하기 시작했다.

아무래도 옐로스톤 국립공원이 블랙 드래곤 다크니스의 영역이라서 몬스터들이 서로 분쟁을 일으키지 않는 것 같았다.

간단한 방법은 다크니스를 불러서 통제를 부탁하는 것이다.

하지만 이런 작은 일로 다크니스를 부를 수는 없었다.

"쩝. 그냥 전부 터뜨리죠."

우주는 소지하고 있던 술병을 권왕과 권창우에게 각각 두병씩 나눠주었다.

갑자기 술병을 건네는 우주의 의도를 모르는 권왕과 권창우는 의문 섞인 눈빛으로 우주를 바라보았다.

"뛰면서 뒤로 던지세요."

술을 던져서 무엇을 할 건지 의문이었다.

그러나 일단 권왕과 권창우는 우주를 믿고 달리다가 우주가 신호하자 술병을 뒤로 던졌다.

몬스터들은 갑자기 하늘에서 무언가 날아오는 것을 보았지만, 크기가 작은 것을 보고 무시하고 목표물들을 쫓으려고 했다.

작은 무언가를 신경 쓰지 않은 것은 큰 패착이었다.

"뛰세요!!"

펑! 펑! 펑! 펑!

술병에 담긴 술이 폭발하면서 몬스터들을 집어삼켰다.

그사이 우주와 권왕, 권창우는 무사히 몬스터들을 따돌릴 수 있었다.

"폭탄이었습니까?"

"능력이겠지."

권창우의 물음에 답한 것은 권왕이었다.

저번에 단전을 봉인 당했을 때도 술과 관련이 있다고 했다. 그래서 권왕은 우주가 능력을 사용했을 것이라 짐작했다. 우주는 권왕의 말에 미소만 짓고 있었다.

"그나저나, 다른 일행들은요?"

"아. 남궁민과 권여정은 아직 보진 못했지만, 아마 지금쯤 합류했을 거다."

폭포 안에 남궁민과 권여정이 있었다면 말이다.

그렇게 우주와 권왕, 권창우가 다시 돌아왔을 때 우주는 엄청난 광경을 목격할 수 있었다.

"아니, 그래서! 내가 일부러 다친 것도 아니고!! 아무리 동생이라지만 너무하는 것 아닌가?"

"은근슬쩍 말 놓지 마세요. 저희 오늘 처음 보는 사이 아닌가요?"

일단 첫번째 놀란 것은 일행들이 술판을 벌이고 있다는 사실에 놀랐고, 두번째로는 남궁연과 권여정이 엄청난 신경전을 펼치고 있다는 사실에 놀랐다.

"무슨 일이야?"

"아, 회장님. 오셨습니까?"

가장 먼저 말을 붙여오는 강태풍을 보면서 우주는 이 모든 것이 강태풍의 작품이라는 것을 직감적으로 느꼈다.

"어떻게 된 일이야?"

"아, 그게 말이죠."

우주가 권왕과 권창우를 구하러 가자 적설진이 폭포 속으로 들어갔다고 한다. 강태풍은 남궁연을 지키면서 적설진이 남궁민을 데리고 나오길 기다렸다.

그리고 폭포 속에서 적설진이 먼저 나왔다고 한다.

강태풍이 남궁민에 대해서 묻자 곧 나올 거라고 했다.

적설진의 말처럼 남궁민이 뒤따라서 나왔는데 남궁민의 등에 권여정이 업혀 있었다고 한다.

권여정의 발목에는 우주가 남궁연에게 치료해준 것처럼 남궁민의 찢어진 의복이 묶어져 있었다.

그 모습을 본 남궁연이 권여정을 싸늘하게 쳐다본 것이 발단이었다고 한다.

분위기가 이상해지자 강태풍이 나서서 중재를 했다.

이럴 때 가장 좋은 것이 바로 술이라면서 술을 꺼내기 시작한 것이다.

남궁민이 '남궁연은 술을 마시지 않는다'고 말하려는 찰나, 남궁연이 강태풍이 내려놓은 술을 한병 까서 원샷을 때려버렸다.

생전 처음 동생이 술을 마시는 모습을 본 남궁민은 충격을 받은 듯 남궁연을 멍하니 쳐다보았다.

자신에게 곱지 않은 시선을 보내는 권여정이 남궁연에게 말을 걸면서 두 여자의 기 싸움이 시작되었다고 한다.

"그래서 요점은?"

강태풍의 이야기에 제일 중요한 것이 빠져 있자 우주가 되물었다. 강태풍이 이어서 말을 하려고 했으나 남궁연이 먼저 말을 한 탓에 강태풍은 우주에게 이야기를 이어나갈 수 없었다.

"오라버니에게 꼬리치는 저 불여우가… 제게는 굉장히 불쾌한 사람이라는 거죠."

"아니, 내가 뭘 했다고!!"

"그만."

둘의 감정이 또 활활 타오르려하자 우주가 목소리를 깔고 말했다. 남궁연은 모르겠지만 권여정은 우주에게 만큼은 순종적이었다.

"남궁민."

"네. 회장님."

"해명하도록."

사실 여기서 가장 억울한 것이 있다면 남궁민이었다.

권여정과 연인관계였던 것은 사실이었으나, 우주 밑으로 들어가면서 권여정과의 관계도 끝났다.

권여정이 자신을 만난 것은 남궁세가의 후광을 받기 위

해서였으니까 말이다.

그리고 이번 일 같은 경우는 공교롭게도 일행들과 떨어지면서 권여정과 같이 있게 되었고, 권여정이 걷다가 발목을 크게 접질리는 바람에 이동할 수밖에 없는 상황이었다.

물론, 남궁연이 권여정을 만날 때부터 권여정을 싫어했다는 사실을 알고 있기는 했지만 이렇게까지 싫어할 줄은 몰랐다. 남궁민 또한 당황스럽기는 마찬가지였다.

권여정과 남궁연이 남궁민을 주시하기 시작했다.

"해명은 아니지만, 상황을 정리해보자면 연이는 제가 권여정을 업고 있었던 상황이 마음에 들지 않았다고 생각합니다. 이제 권창우님이 왔으니 그런 부분은 해결이 되었으며, 권여정과는 이미 끝난 사이기 때문에 더 이상 할 말은 없다고 생각합니다."

남궁민의 말에 남궁연은 득의양양한 표정을, 권여정은 왜인지 분하다는 표정을 지었다.

이렇게 이 상황이 해결이 되는가 싶었다.

"누구 맘대로 내 동생에게 상처를 주라고 했지."

권여정의 표정을 본 권창우가 나서면서 상황은 더욱 미궁 속으로 빠졌다.

졸업식

"드래곤이 생각보다 강력한 존재네?"

세상이 온통 하얗게 빛나는 세상에서 노아가 혼잣말을 중얼거렸다. 최초의 초이스인 우주가 너무 혼자서 초이스들의 영역을 독식하는 것 같아서 타차원에서 영입한 드래곤을 풀어놓았는데, 생각보다 우주가 너무 밀리는 것 같았다.

"타차원에 있는 최초의 초이스들은 드래곤도 죽이고, 신에게 도전까지 한 놈들이 태반이었는데……."

레드 드래곤 테리우스에게서 도망치기 급급한 우주를 보고 노아는 우주가 다른 차원의 초이스들보다 약하다고 판단을 내리고 신경을 끄려했다.

그런데 블랙 드래곤 다크니스와 조우하는 모습을 보고 우주를 모니터링하기 시작했다.

"이놈, 운이 무슨……."

테리우스에게 벗어난 것은 그렇다 치더라도 우주를 수세에 몰아넣으려고 전 세계에 배치한 드래곤 중 하나를 조력자로 만들 줄은 상상도 못했다.

주신, 노아.

신이라고 하면 모든 것을 신의 뜻대로 조종할 수 있다고 생각하기 마련이다. 하지만 신은 영향을 줄 수 있는 존재이지, 피조물의 생을 마음대로 조종하는 존재는 아니었다.

인간이나 몬스터까지 모두 자신의 뜻과 의지 그리고 노력 여하에 따라서 피조물의 삶은 얼마든지 변할 수 있었다. 노아가 최초의 초이스인 우주를 모니터링하는 것도 이러한 이유였다.

우주의 평등을 위해서 시작된 초이스 프로젝트.

신인류 프로젝트를 망치는 자가 있으면 안 되었기 때문에 이렇게 노아는 한 차원을 탈바꿈시킬 때마다 모니터링을 하고 있었다.

"에이… 드래곤을 조력자로 만들었다고 무슨 일이야 생기겠어?"

노아는 제발 아무 일이 없기를 바라면서 시선을 돌렸다.

그곳에는 우주를 상대하기 위해서 키운 초이스가 술병을 들고 있었다.

"후, 다 좋은데. 저 녀석은 성장이 너무 느린게 문제라니까……."

* * *

"젠장."

호세 쿠에르보는 짜증이 치밀었다. 어떤 방법을 써도 그리핀을 혼자서 쓰러뜨릴 수 있는 방법이 없었다.

우주보다 강해지기 위해서는 적어도 그리핀쯤은 혼자서 처리할 수 있는 능력이 뒷받침이 되어야만 했다.

호세는 개인 연무장에서 요즘 미국에서 개발 중인 가상현실 시스템을 활용해 그리핀을 소환시켰다.

"이번에는 꼭 쓰러뜨려주마."

테킬라를 손에든 호세가 가상 그리핀을 향해서 달려들었다.

"회장님께서는 언제까지 저렇게 진짜도 아닌 가짜와 싸움을 하시려고 그러시는지."

"말조심하거라."

"언제 오셨습니까? 닥터, 체른."

가상현실 시스템을 관리하는 연구원이 한숨을 쉬자 그 뒤에 있던 호세 쿠에르보의 전문의, 닥터 체른이 말했다.

"완벽을 추구하는 회장님의 성격을 너도 알지 않느냐."

"아, 물론 알고 있죠."

알고는 있지만, 호세가 더 가상현실 시스템을 이용하는 것은 바람직하지 않다고 생각했다.

"직장을 잃고 싶은 것은 아닐 텐데."

"걱정이 되서 한 말이죠!"

닥터 체른이 연구원을 보고 씨익 웃더니 말했다.

"장난 좀 쳐봤다, 정색하기는."

연구원이 속으로 오만가지 욕을 내뱉었지만 닥터 체른은 연구원을 신경 쓰지 않고 호세만을 바라볼 뿐이었다.

그때 누군가 연구실로 들어오는 기척이 느껴지자 연구원과 닥터 체른이 연구실로 들어온 사람을 쳐다보았다.

"마르틴?"

"여긴 무슨 일이냐. 마르틴."

연구실로 들어온 사람은 닥터 체른과 연구원이 잘 아는 사람이었다. 바로 호세가 이렇게 연구실에서 가상현실 시스템을 이용해서 훈련을 하는 사이, 테킬라 브랜드 '호세 쿠에르보'의 모든 경영을 맡은 마르틴이었다.

"UN그룹의 박우주가 미국에서 발견되었다고 합니다."

"뭐?"

호세가 가장 신경 쓰이고 위협이 되는 자를 '박우주'라는 대한민국의 초이스로 뽑았을 때, 호세 쿠에르보사의 모든 경영진이 호세의 의견을 무시했다.

저 작은 나라의 초이스가 무슨 위협이 된다고 그를 가장 위협이 되는 적으로 뽑았는지 이해할 수 없었다.

그리핀과 싸우는 모습이 전 세계로 송출되었다고 해도 싸움을 잘 하는 것과 경영을 잘하는 것은 다르다고 생각했다. 주류사업에 뛰어든 만큼 조금의 관심이 있기는 했으나 그게 전부였다.

경영진들은 자신들이 마음만 먹으면 신생기업의 회장쯤이야 금방 짓밟을 수 있다고 생각했다.

그게 크나큰 착오였다는 것을 알아차리는 데는 얼마 걸리지 않았다. 초이스 아카데미가 설립되고 우주가 키운 초이스들이 '세계주류'를 도와주면서 UN그룹이라는 곳이 작은 그룹이 아니라는 것을 깨달았다.

그렇다면 어떻게 하면 '호세 쿠에르보'가 UN그룹보다 뛰어난 주류 회사라는 것을 증명할 수 있을지 고민했다.

결론은 박우주보다 호세가 더욱 유명세를 타야 한다는 말이었다.

"그러기 위해서 회장님께서 저렇게 열심히 그리핀을 상대하고 계신 것인데……."

드래곤에게서 살아나왔다는 말은 그만큼 더 유명해진다는 말이었다.

"그나저나 대단하군요. 그 지옥에서 살아왔다니."

중국에 뚫린 거대한 구멍을 본 사람들은 드래곤에게 공포를 느낄 수밖에 없었다. 그런데 그 공포를 직면하고 살아 돌아왔다면 세상은 박우주를 중심으로 돌아가게 될 것이다.

"결국 드래곤을 잡아야 세계 최고가 될 수 있겠군."

"아니죠. 그전에 우주라는 놈이 없어지면 되지 않겠습니까?"

닥터 체른의 중얼거림에 마르틴이 대답했다.

"마르틴!"

"알고 있습니다. 호세가 원하지 않는다는 것을."

하지만 호세를 최고로 만드는 것이 마르틴의 목표였다.

그러기 위해서는 무엇이든 할 수 있는 것이 마르틴이었다. 마르틴의 눈빛이 스산하게 빛났다.

* * *

"누구 맘대로 내 동생에게 상처를 주라고 했지."

권창우의 말에 남궁민이 권창우를 바라봤다.

"저에게는 연이가 더 소중합니다."

남궁민의 발언에 권창우가 피식 웃었다.

권창우 또한 권여정이 더 소중했다. 그냥 너무 권여정이 의기소침하기에 말을 꺼내본 것인데, 솔직한 남궁민의 발언이 마음에 들었다.

"너희는 나에게 다 소중한 존재다."

그때 우주가 말을 꺼냈다.

우주의 한마디에 모두가 우주를 돌아보았다.

"그러니까… 절대 죽지마라."

"네. 알겠습니다!"

권창우와 남궁민, 적설진과 강태풍이 동시에 대답했다.

권여정과 남궁연은 대답하는 오빠들을 보며 박우주를 다시 보았다. 대체 박우주의 무엇을 보고 그의 밑에 이렇게 모여 있는지 의문이 들었다.

"그럼 한국으로 돌아가 볼까?"

돌아가면 본격적으로 레드 드래곤 테리우스를 상대할 수 있는 전략을 짜야만 했다. 조력자를 얻은 이상, 어쩌면 드래곤을 쓰러뜨리는 것이 가능할 수도 있었다.

옐로스톤 국립공원을 빠져나온 우주 일행은 적설진과 강태풍의 안내를 따라서 이동했다.

미국으로 넘어오는 절차는 별로 어렵지 않았다. 세계의 모든 정부가 UN그룹을 지지하고 있었다. 우주를 찾는데 최대한의 도움을 줄 것을 약속 받았기에 적설진과 강태풍은 미국 전역을 마음대로 돌아다닐 수 있었다.

"한국으로 가는데 얼마나 걸리지?"

"비행기로 약 11시간 걸립니다."

한국까지 가는데 11시간이나 허비할 수는 없었다.

하지만 한국으로 단시간에 갈 수 있는 뚜렷한 방도가 없었기에 일행들은 적설진과 강태풍이 빌려온 렌트카를 타고 Jackson Hole 공항으로 향했다.

렌트가가 달리는 와중에 우주가 운전을 하던 강태풍에게 물었다.

"혹시 태풍아. 우리 찾았다고 누구에게 말했니?"

"네? 당연히 초이스 아카데미에 저희만 알아들을 수 있는 신호를…….."

우주는 신호를 넣었다는 소리를 듣자마자 전신에서 술을 내뿜었다. 그러자 슬라임처럼 우주가 타고 있는 렌트카와 권창우가 타고 있는 렌트카가 술로 보호가 되기 시작했다.

헬리콥터 소리와 함께 펑! 펑! 터지는 소리가 들려왔다.

헬리콥터에서 쏘아진 미사일에 렌트카가 날아가지 않는 것이 신기했다.

술에 맞는 미사일 들을 보면서 우주는 조소를 흘렸다.

초이스 아카데미에 알렸는데, 이렇게 빨리 미국 측에서 움직인다는 말은 누군가 첩자가 있다는 말이었다.

"뭐야, 저거!!"

"다시 조져!!"

다시 미사일이 난사되자 술 방어막이 꿀렁꿀렁 되기 시작했다. 무한정으로 술 방어막을 사용할 수는 없었다.

미사일이 술 방어막에 맞을 때마다 우주의 정신력이 급속도로 줄어들고 있었다.

그러자 우주가 렌트카의 위쪽 문을 열고 튀어나갔다.

밖으로 나온 우주는 미사일의 타깃이 되었다.

"살살하려고 했는데, 잠자는 호랑이의 코털을 건드는

군."

우주가 손을 하늘로 뻗었다. 그러자 우주의 몸에서 나온
술이 거대한 손바닥을 만들어 헬리콥터를 집어삼켰다.

짓이겨지는 헬리콥터를 보면서 우주가 중얼거렸다.

"미국의 영토에서 나를 노리는 자가 있다?"

생각해보니 초이스 아카데미에 있는 첩자가 미국에 정보
를 흘렸더라도 이렇게 인력을 동원할 수 있는 누군가가 있
을 것이 분명했다. 모르는 녀석이 공격을 감행한다니, 우
주는 점점 기분이 나빠지기 시작했다.

"월문은 아닌데……."

조용하게 일을 처리하는 월문과 다른 방식의 공격을 보
고 우주는 적이 민간인들의 피해 또한 신경 쓰지 않을 것
같다고 생각했다. 헬리콥터가 추락하자 그제야 렌트카에
타고 있던 인원들이 차 밖으로 나오기 시작했다.

흔들리는 것을 막을 수는 없었기에 남궁연과 권여정은
머리를 부여잡았다.

"누굴까요?"

헬기까지 동원할 수 있는 미국의 유명인사 중 하나로 범
인은 좁혀들었지만 대체 누구인지 감을 잡을 수조차 없었
다.

"확실한 건, 집으로 돌아가는데 차질이 생길 것 같은
데?"

다행히 렌트카가 부서지지 않았기에 거리의 미아가 되지

는 않았지만 목적지를 정해야만 했다. 원래 목적지였던 공항에는 이미 적이 잔뜩 깔렸을 것이 분명했다.

"다른 길은 없어? 강태풍."

이럴 때 필요한 것이 바로 배치의 능력이었다.

강태풍은 지도를 살피더니 중얼거렸다.

"생각보다 엄청난 거물인 것 같은데요."

강태풍의 눈에 미국 전도가 전부 빨갛게 보이고 있었다. 그 말은 어딜 가던지 적이 있다는 말이었다.

생각보다 규모가 큰 걸 알게 된 강태풍이 우주에게 어떻게 할지 물어보았다.

일행들은 총 8명.

우주를 필두로 한 남궁민과 남궁연, 강태풍이 한 조고, 권창우를 필두로 한 권여정과 적설진, 권왕이 한 조였다.

"미국 국토 전역이라……."

우주는 잠시 고민하더니 목적지를 정했다.

"아직 우리만 아는 정보가 있잖아."

우주의 목적지 선택에 붉었던 지도가 원래대로 변하는 것을 본 강태풍이 고개를 끄덕였다.

"방법이 없네요."

우주가 찍은 곳은 바로 옐로스톤 국립공원이었다.

* * *

"하하. 그래서 지금 나에게 왔다는 소리냐?"

검은 머리의 미남자 앞에서 우주는 당당하게 서 있었다. 도움을 요청하라던 약속은 유효했다.

다만, 이렇게 허접한 약속이 될 줄은 몰랐기 때문에 다크니스는 살짝 어이없었다.

"다크니스님께서 대륙에서 대륙 간 장거리 이동 마법을 펼쳐주신다면 소원이 없겠습니다."

"하하. 레드 드래곤 테리우스를 잡기 위해서 아주 날 이용하겠다는 말로 들리는데?"

우주는 비장의 한 수를 꺼냈다.

우주의 손가락 끝에 맺힌 주정을 다크니스에게 보여주었다.

"체내에서 만들어낸 주정입니다. 흥미가 동하지 않으십니까?"

"호오. 좋아. 앞으로 거래할 때는 먼저 꺼내도록."

"알겠습니다."

조건은 이 세계의 다양한 술을 맛보여 주는 것, 그 정도는 우주에게 손쉬운 일이었다.

"모여라."

크헝!

그때, 백호의 울음소리가 들려왔다. 아무래도 옐로스톤 국립공원에 있는 몬스터들을 건드린 것 같았다.

"좋은 수였다는 걸 인정하지. 적들에게는 미안하지만."

다크니스가 손가락을 튕겼다. 그러자 하늘을 배회하던 헬기들이 터져나가기 시작했다.

"감히 블랙 드래곤의 보금자리를 건드리다니, 어떤 놈인지 면상을 보고 싶군."

그런 다크니스를 보면서 우주 일행은 우주의 뒤에서 최대한 의연한 척을 하고 있었다.

"뭐, 어쨌든 위치는?"

"예. 여기입니다."

눈치 빠른 강태풍이 지도의 좌표를 찍어주자 다크니스의 시선이 잠시 강태풍에게 머물렀다가 거둬졌다.

이곳의 인간들은 하나같이 겁이 없는 것 같다고 생각하며 다크니스가 중얼거렸다.

"워프(Warp)."

칙칙한 어둠이 우주 일행을 감쌌다.

잠시 후, 우주 일행은 사라지고 없었다.

* * *

쿵!

"아얏."

"회장님!"

"회장님!"

초이스 아카데미 내부에 있는 연무장.

초이스들이 한곳에 모여 있었다. 공중에서 떨어진 우주와 우주 일행은 밑에 깔린 손민수를 보고 머쓱한 표정으로 손을 들었다.

"화려한 등장이시군요."

손민수가 감격한 얼굴로 우주를 바라보았다.

드디어 그 수많은 일에서 해방이었다.

"잘 지냈어? 다들 좋아 보이네."

연무장에 모인 초이스들이 격식을 차린 복장이자 우주가 귀띔으로 물었다.

"근데 지금 뭐하고 있었어?"

"초이스 아카데미 제1회 졸업식을 개최하려 했습니다."

"뭐?!"

우주는 주변을 둘러보았다. 자신을 따르겠다고 선언했던 초이스들은 보이지 않았다. 격식을 차린 복장을 입은 초이스 여섯명이 우주의 눈에 들어왔다.

"죄송합니다."

누군가 우주에게 중얼거렸다. 우주는 사과 받을 생각이 없었다. 때가 되면 가는 것은 당연했고, 초이스 아카데미에 소홀했던 건 자신이었으니 말이다.

"이걸로 되겠어? 오늘 졸업식은 취소하고 내일 다시 졸업식을 더욱 성대하게 열도록 하겠다. 너희 그리고 시뮬레이션 7단계는 통과했는가?!"

"네. 했습니다!!"

"좋아. 믿어보겠다."

돌아오자마자 우주는 여러 가지일로 바빠졌다.

다크니스는 조용한 방을 얻어서 우주가 나누어 준 술을 음미하고 있었고, 순조롭게 초이스 아카데미 제1회 졸업식이 준비가 시작되었다.

"그동안 고생했다."

생각보다 오랜 시간을 UN그룹을 비웠다.

우주는 자신이 없는 UN그룹은 잘 돌아가지 않을 것이라고 막연히 생각했다. 하지만 짧은 시일이지만 우주가 사라지고 주어지는 일들을 하나, 둘씩 처리하는 UN그룹의 직원들을 보고 새삼 각오가 다졌다.

"아닙니다. 회장님이 스카우트했지 않으셨습니까. 전부 회장님의 안목 덕분입니다."

손민수의 대꾸에 우주가 피식 웃었다.

졸업식이 무사히 치러졌으면 좋겠다고 생각했다.

보낼 사람들은 보내고 싸움을 시작하고 싶었다.

"그건 그렇고. 승진했네?"

우주가 옆에 앉아 있는 류시우를 보고 장난을 쳤다.

한국 정부 초이스 대책본부 본부장직을 맡게 된 류시우는 눈코 뜰 새 없이 바빴다. 하지만 우주가 돌아왔다는 사실에 이렇게 한걸음에 달려온 것이다.

"하하. 놀리지 마시죠."

"뭐, 그래. 너도 졸업식 참가해야하는 거 아냐?"

"전 아직 학생이고 싶습니다."

류시우의 대답에 우주가 피식 웃었다. 돌려서 말했지만 당신 밑에 계속 있고 싶다는 말이었다.

권력을 가지게 되었음에도 예전과 똑같은 류시우를 보니 행복한 미소가 절로 나왔다.

"요 녀석아!"

그때, 우주의 뒤에서 스르륵 나타난 한 인영이 우주의 머리를 휘갈겼다. 우주는 누군가 있다는 걸 알았지만 피하지 않고 머리를 맞아주었다.

"아! 아버지!"

"하하. 요 녀석이 일부러 피하지 않았구나."

슈욱!

우주의 아빠, 박준우가 피식 웃는 것을 보고 뭐라고 하려는 찰나에 우주의 머리를 노리고 파공성이 들려왔다.

퍽!

동생, 아영이의 발을 잡은 우주가 새로운 기분으로 가족들을 돌아보았다.

"보자마자 발길질이냐?"

"헤헤. 맞지 않을 것 같았어."

미끌.

그때 우주는 발이 미끄러져 꼼짝없이 땅바닥으로 넘어질 뻔했다.

"어머니!"

공중으로 뛰어오른 우주가 초이스의 능력을 활용하는 가족들을 바라보았다.

"이제 우리 짐은 아니지?"

아영이가 정곡을 찌르는 말을 하자 우주가 고개를 끄덕였다. 가족들에게 이래서 초이스가 되기를 권유하고 싶지 않았던 것이다. 우주를 위해서 무엇이든 할까봐.

"전 짐이라고 생각한 적, 단 한번도 없습니다."

"고맙다. 아들."

"고마워. 오빠."

"그럼 우린 가보마."

박준우를 뒤따라서 가족들이 사라지자 우주가 류시우를 돌아봤다.

"가족들의 안전은?"

"초이스 보호 시스템을 발동시켜 놓은 상태입니다."

"만약 내 가족들에게 무슨 일이 생길시, 한국부터 날아가게 될 거라고 한인재 대통령에게 전하도록."

우주의 말에 류시우가 고개를 끄덕였다.

* * *

뎅— 뎅—

졸업식을 알리는 종소리가 울려 퍼지기 시작했다.

우주는 아카데미 설립자로서의 복장을 입고 제 1회 졸업

생들 앞에 나서려고 걸어 나갔다.

졸업식장에는 졸업생들뿐만 아니라 많은 기업의 오너들과 초이스를 필요로 하는 정부의 주요 인사들이 졸업식을 구경하러 와 있었다.

"UN그룹의 회장님이시자 초이스 아카데미 설립자, 박우주 회장님 등장하십니다!"

"와아아아—!!"

함성소리가 굉장히 컸다.

우주는 주변을 둘러보고 또랑또랑하게 말했다.

"안녕하십니까. 먼저 제1회 초이스 아카데미 졸업식에 이렇게 많은 사람들이 오신 것을 환영하는 바입니다. 그럼 지금부터 초이스 아카데미의 졸업식을 시작하도록 하겠습니다!!"

졸업생들이 서 있는 공간이 다른 사람들이 있는 곳과 분리되기 시작했다.

이 징조가 몬스터 시뮬레이션이 작동하는 것임을 알고 있는 졸업생들은 우주를 바라보았다.

"초이스 아카데미의 졸업 조건은 시뮬레이션 7단계에 나타난 몬스터를 쓰러뜨리는 것. 과연 졸업생들이 무사히 졸업할 수 있을지 지켜보도록 하겠습니다!"

설마 모두가 보는 앞에서 시험을 치르게 할 줄은 몰랐기에 졸업생들은 당황했다.

하지만 초이스로서의 실력을 뽐낼 수 있는 기회이기도

했다.

이미 졸업을 하고, 어딘가에 소속되기로 한 초이스들이 대부분이었지만 초이스 아카데미를 나가고 싶어 하는 초이스들도 있었다.

그렇기 때문에 이번 시뮬레이션 시험 때 뛰어난 실력을 선보인다면 자신의 가치를 상승시킬 수 있는 기회였다.

쿠오오!!

시뮬레이션 7단계에 등장한 몬스터는 바로 그리핀이었다.

그리핀을 본 사람들은 우주가 그리핀을 쓰러뜨렸던 것을 떠올렸다.

과연 졸업생들이 어떻게 그리핀을 쓰러뜨릴지 기대가 되었다.

제1회 여섯명의 졸업생들은 초이스 상급팀 세명, 중급팀 두명, 하급팀 한명으로 이루어져있었다.

어제, 겉으로는 태평한 척을 했지만 우주는 초이스 아카데미의 모두를 동시에 졸업시키고 싶었다.

전체가 아니라 일부가 졸업을 원했기 때문에 우주는 이번 졸업생들이 마음에 들지 않았다.

어떻게 하면 졸업생들을 골려줄 수 있을까 생각하던 우주가 생각해 낸 아이디어가 바로 모두가 보는 앞에서 졸업 시험을 치르게 하는 것이다.

그리핀은 졸업생들을 시험하기에 딱 적당한 몬스터였

다.

"흥. 어지간히 우리를 보내고 싶지 않나보군."

상급 초이스, 당민우가 중얼거렸다.

그의 중얼거림에 지은우와 박수봉이 고개를 끄덕였다.

어차피 그들은 원래부터 초이스 아카데미의 시스템을 파악하기 위해서 초이스 아카데미에 들어온 것이다.

중급 초이스 두명도 비슷한 것 같아보였다.

유독 하급 초이스만 무슨 생각을 가지고 있는지 짐작을 할 수 없었다.

"어쨌든 처리는 해야겠지?"

당가의 식솔들 중 절반이 죽었다고 한다.

드래곤이 원흉이라고 들었지만 당민우가 할 수 있는 일은 없었다. 할 수 있는 것이라고는 사라진 우주를 기다리는 것뿐이었다.

우주라면 분명 드래곤에게 복수할 수 있는 방도를 찾을 것이라 믿었기 때문이다.

그러던 와중에 초이스 아카데미를 졸업해서 나가자는 이야기가 초이스들 사이에서 퍼지기 시작했다.

당민우도 처음에는 거절했다.

하지만 식솔들의 상황을 듣게 되자 당민우는 마음을 고쳐먹었다.

중국 사천성에 위치해 있는 사천 당가, 그곳에 드래곤이 나타났다는 소식이었다.

"시선을 끌 테니, 부탁한다."

당민우의 말에 지은우와 박수봉이 고개를 끄덕였다.

상급 초이스들은 서로의 실력을 어떻게 하면 최대한으로 드러낼 수 있는지를 알고 있었다.

"만천화우(滿天花雨)."

당민우가 쏘아 올린 침들이 그리핀을 향해서 쏘아졌다.

그리핀은 날개짓으로 당민우가 쏘아낸 침들을 날려 보내려 했다.

그러나 침들은 그리핀이 만들어 낸 바람을 뚫고 날아오고 있었다.

"윈드 오브 썬더."

바람이 먹히지 않다는 것을 깨달은 그리핀은 바로 필살기를 꺼내들었다.

하늘에서 번개가 떨어져 내렸다.

"지금이다! 만천화우, 변(變)!!"

그리핀을 향해서 쏘아져 나가던 침들이 바닥에 박히면서 연결되기 시작했다.

완성이 된 만개의 침은 피뢰침과 같은 모습이었다.

그리핀이 떨어뜨린 번개는 당민우가 만들어 낸 피뢰침으로 몰렸다.

그리고 그 사이 지은우와 박수봉은 소리 소문 없이 그리핀에게 다가가서 그리핀의 날개를 찢어발겼다.

선명한 검강이었다.

캬아악!

그리핀의 비명소리가 터져 나오면서 그리핀이 지상으로 떨어졌다.

"시간도 없는데……."

펑! 펑!

지상으로 떨어지던 그리핀이 갑자기 터져 나가면서 시뮬레이션이 종료되었다.

"방금 뭐였지?"

갑작스러운 폭발이었다.

폭발이 일어남과 동시에 시뮬레이션이 종료되었다.

졸업생들을 지켜보던 관중들은 누가 폭발을 일으켰는지 궁금해 했다.

우주는 공기가 요동치는 것을 보고 폭발을 일으킨 사람이 누군지 알 수 있었다.

"저 녀석, 하급 초이스 맞아?"

* * *

"뭐? 옐로스톤 국립공원에 보낸 애들이 전멸했고, 박우주는 어느새 한국으로 돌아가서 초이스 아카데미의 졸업식을 치렀다고?"

마르틴은 보고를 받는 내내 믿을 수 없었다.

우주는 무려 비행기로 11시간이나 걸리는 거리를 이동

할 수 있다는 말이었다.

"저… 부회장님."

"왜? 또 뭐가 있는 건가?"

마르틴의 부하직원은 인터넷으로 빠르게 퍼지고 있는 영상을 마르틴에게 보여주었다.

바로 초이스 아카데미 졸업식 영상이었다.

"뭐야? 저 그리핀은."

마르틴은 그리핀이 터져나가는 것을 보자마자 부회장실을 뛰쳐나갔다.

이 영상을 절대로 호세가 보게 놔둬선 안 되었다.

그렇게 뛰쳐나간 마르틴은 얼마 가지 않고 호세를 만날 수 있었다.

"호세?"

"아, 마르틴."

"지금은 훈련하고 있을 시간……."

마르틴은 호세의 표정을 보고 더 이상 말을 꺼낼 수 없었다.

"봤구나."

"어. 봤어. 그놈들, 확실히 박우주가 키운 놈들이라 그런지 대단하던 걸?"

그리핀을 쓰러뜨리기 위해서 그렇게 노력을 했는데, 단 한번도 그리핀을 쓰러뜨리지 못한 호세였다.

그런데 박우주도 아닌 초이스 아카데미의 졸업생들이 그

리핀을 쓰러뜨렸다.

"호세."

"됐어. 어설픈 위로 따위 필요 없어."

마르틴의 표정이 일그러졌다. 이렇게 되는 것이 싫었기 때문에 무슨 수를 써서라도 박우주를 죽이고 싶었다.

마르틴은 점점 멀어지는 호세를 바라보면서 주먹을 꽉 말아 쥐었다.

"박우주……."

* * *

졸업식은 순탄하게 끝이 났다.

그리핀을 마지막에 터뜨려버린 폭발이 왜 일어난 것인지에 대해서는 의견이 분분했지만 아카데미 측에서 시험의 통과를 선언했기 때문에 졸업생들은 무사히 졸업식을 치를 수 있었다.

물론 누가 그리핀을 마지막에 폭발시켰는지 알아보는 초이스들도 있었다.

우주는 하급 초이스 졸업생인 백무환이 폭발을 일으켰다는 것을 알아보았다.

"하급에 있을 녀석으로는 안 보이는데……."

"실력을 일부러 숨기지 않았다면 제가 잘못 판단했겠죠."

우주의 옆에 서 있던 권창우가 우주의 중얼거림에 대답했다.

처음 급을 나눈 것은 권창우였기 때문에 판단미스로 하급팀으로 배정받게 되었을 수도 있었다.

"그건 아닌 것 같은데?"

[백무환]
Lv.35

레벨이 35나 되는 녀석이었다.

실력을 일부러 숨기지 않는다면 하급에 배정될 리가 없는 초이스였다.

'아니, 그런데 왜 그때는 알아채지 못한 거지?'

이설화보다 뛰어난 능력을 가진 것 같아 보이는 초이스였다.

그런데 당시에는 백무환을 전혀 알아보지 못했다.

어쨌든 시험도 무사히 통과했겠다.

졸업식을 성대하게 치룬 제 1회 초이스 아카데미 졸업생들은 초이스 아카데미 밖으로 나가게 되었다.

밖으로 나온 여섯명은 약속이나 한 것처럼 엄청난 속도로 자리를 벗어나기 시작했다.

"자, 잠깐만!!"

"이, 이보게!!"

"우리 그룹에……!!"

"자, 잡아라!!"

졸업생들이 부리나케 도망친 이유는 바로 스카우트 제의가 귀찮았기 때문이다.

더 이상 세상은 자본주의가 아니었다.

초이스들이 지배하는 세상.

바야흐로 초이스의 시대가 열린 것이다.

"지은우와 박수봉은 역시 첩자였나?"

우주가 손민수를 돌아보면서 물었다.

손민수는 우주의 물음에 자연스럽게 대답했다.

"네. 중국무림협회에 속해 있는 것 같았습니다."

"그런 것 같더군."

그리핀의 날개에 박히던 선명한 검강은 그 두 사람이 이미 화경의 경지에 올라있다는 것을 말해주었다.

"당민우는?"

"무슨 일인지는 알아내지 못했지만 집으로 돌아가야겠다고 강력하게 주장하더군요."

"집? 중국으로?"

"네. 무슨 일인지는 무사히 졸업을 했으니 연락이 올 것입니다."

"거래를 했군."

역시 손민수였다.

우주가 없는 상황에서 졸업식을 열 정도라면 분명 그만

한 이유가 있을 것이라고 짐작했다.

그리고 우주가 아는 손민수는 철두철미한 사람이었다.

"하하."

"나머지 셋은?"

"중급 두 명은 돈을 벌고 싶다는 이유였습니다. 류시우가 초이스 대책본부 한국 본부장이 되면서 중급팀 팀장이 공석이 되어버렸고, 중급팀을 이끌어 줄 만한 자가 없어서 받아들여주었습니다."

걸걸하고 체력이 넘치는 중급팀원들을 받아 줄 수 있는 사람이 생각보다 별로 없었다.

류시우가 발령이 난 후, 중급팀원들은 더욱 더 자유로워졌고 현재는 '초이스 아카데미의 문제'라고 불릴 정도였다.

"마지막으로 백무환은 졸업을 하는 조건으로 좋은 정보를 주겠다고……."

손민수가 곱게 접힌 종이를 우주에게 내밀었다.

우주는 이 종이가 우주에게 남긴 메시지라는 것을 깨닫고 종이를 받아 들었다.

"마법이 걸려 있네?"

"네. 락(lock) 마법이 걸려 있다고 하더군요. 마켓 타워에서 구한 거랍니다. 회장님이라면 읽으실 수 있을 거라고……."

"마법사가 아니라면 그렇겠지. 오픈(Open)."

우주가 락 마법을 해지시키는 오픈 마법을 쓰자 종이에서 빛이 번쩍였다가 사라졌다.

손민수가 신기하다는 듯 종이를 쳐다보고 있자 우주가 재빨리 종이를 펼쳤다.

"민수야. 당민우에게 연락 오면 당장 돌아오라고 전해."

우주가 놀라는 기색을 보이자 손민수가 슬쩍 다가가 종이의 내용을 보았다.

종이에는 이렇게 쓰여 있었다.

[사천 당가에 레드 드래곤 테리우스 등장. S그룹 장자, 이경묵 빼줄 것. 한국의 6대 그룹은 UN그룹에 지원을 아끼지 않겠음. 6대 그룹 대표 초이스, 백무환.]

"와. 당민우가 집에 가야된다고 그렇게 고집을 피울 만했네요."

"그렇겠지. 맞다, 그런데 이경묵은 지금 어떻게 지내고 있어?"

우주가 종이를 손민수에게 넘기며 까맣게 잊고 있었던 S그룹의 장자를 떠올렸다.

가둬두면 당연히 먼저 연락을 취해올 줄 알았는데 연락이 너무 늦게 왔다.

생각지도 못한 곳에서 연락이 와서 우주는 살짝 당황한 상태였다.

"아. S그룹의 장자라면……."

* * *

이경묵이 기억하는 것은 이설화에게 얼어붙는 그 순간까지였다. 감금이 된 채 얼음이 녹자 이경묵은 그제야 상황 판단을 할 수 있었다.

"젠장. 실패했구나."

같이 데려온 초이스들이 없는 것을 보면 자신만 빼고 나머지는 전부 당한 것 같았다.

쾅! 쾅!

"이 봐! 문 안 열어? 내가 누군 줄 알고!!"

처음에는 갇혔다는 사실에 발광을 했다.

집기를 부수고 문을 쳐보기도 했다.

그러다가 발화능력을 사용해서 전부 태워버리겠다는 생각을 하는 순간.

"크아악!"

온 몸이 타 버릴 것 같은 고통과 온 몸이 얼어붙을 것 같은 고통이 함께 몰려왔다.

이설화가 이경묵을 녹일 때 혹시나 싶어서 한기를 심어 두었기 때문이다.

그래서 능력을 사용하려고 할 때 몸속에서 서로 상극인 기운이 부딪혔다.

결국 능력을 사용하는 것조차 포기한 이경묵은 조용히 누군가 접촉해 올 때까지 기다리기로 했다.

하지만 아침, 점심, 저녁을 제 시간에 가져다주는 사람 말고는 아무도 이곳을 찾지 않았다.

그래서 어느 날은 문 밑으로 밥을 넣어주는 사람에게 사정을 해서 물어보았다.

연락 온 사람은 없냐고, 너희 회장은 관심도 없냐고.

밥을 넣어주는 사람은 이경묵의 말에 대답조차 해주지 않았고, 시간은 그렇게 흘러만 갔다.

사람이 하루 종일 아무것도 안하고 갇혀 지내게 되면, 혼잣말이 늘게 된다.

"밖에 나가고 싶다."

거기다 매일같이 사용하던 전자기기를 사용할 수 없게 된 고통은 생각보다 심했다.

"바깥세상에서는 어떤 일이 벌어지고 있을까?"

신비서라면 자신을 구하러 왔을 것이라고 상상의 나래를 펼쳐보기도 하고 '욕심 부리지 않고 S그룹이나 운영하고 있었으면 이런 사단까지 벌어지지는 않았을 텐데'하며 후회도 했다.

그렇게 점점 이경묵은 삶에 회의를 느껴가고 있었다.

그러던 어느 날.

"회장님께서 부르신다."

덜컹.

문이 열렸다. 이경묵은 생각보다 침착했다.

문이 열리면 단숨에 뛰쳐나갈 줄 알았는데 생각했던 것과 달리 머리는 차갑게 식어갔다.

"오랜만이군."

"오랜만이네요."

우주는 눈앞에 있는 이경묵을 보면서 신기하다는 표정을 지었다. 사람이 달라져있었다.

"너, 이경묵 맞냐?"

"그렇습니다."

말투까지 달라진 이경묵의 모습에 우주는 감탄했다.

그건 이경묵에게 심어둔 한기를 제거하러 온 이설화도 마찬가지였다.

"회장님, 혹시 가둬두고 고문같은 거 하셨어요?"

"그건 아닌데, 어쩌면 고문이었을 수도."

항상 그 누구보다 위에 있던 사람이 밑바닥으로 떨어지자 성향이 바뀌었을 수도 있었다.

'아니면 변한 척 연기를 하고 있거나.'

살아서 집으로 돌아가고자 한다면 무엇이든 할 수 있을 것이다.

"누군가 연락이 왔습니까?"

눈치도 빨라졌는지 이경묵이 우주를 보고 물었다.

"맞아. 널 풀어달라더군."

"누가요?"

"백무환. 알고 있나?"

당연히 신비서 일줄 알았는데 아니었다.

백무환이 누구일지 곰곰이 생각해봤는데 떠오르는 것이 없었다.

"모르겠군요."

"음. 어쨌든 네 몸에 있는 한기를 제거해주려고 불렀다."

우주가 이설화에게 눈짓하자 이설화가 이경묵에게 다가 가서 이경묵에게 주입했던 한기를 제거했다.

이경묵은 잠깐 시원함을 느끼고 나자 다시 발화 능력을 자유자재로 사용할 수 있을 것 같다는 느낌이 들었다.

"공격하지 않는군?"

"내보내준다 사람을 공격하지는 않습니다."

"정말 많이 바뀌었군."

이경묵은 우주의 말에 고개를 끄덕였다.

그가 생각하기에도 지금 이런 태도는 그에게 어울리지 않는 태도였다.

"그냥 느꼈을 뿐입니다. 힘이 없을 때는 강자에게 고개를 조아려야 된다는 사실을 말이죠."

그렇게 말하는 이경묵의 눈빛은 활화산처럼 불타오르고 있었다.

"도전은 언제든지 받아주지. 그럼 이만 가봐."

"다음에 뵙도록 하죠."

등을 당당하게 피고 나가는 모습이 전혀 포로 같아 보이지 않았기에 우주가 피식거렸다.

* * *

  당민우는 초이스 아카데미를 나서자마자 지은우와 박수봉과 함께 인천공항으로 향했다.
  중국 사천성에 위치하고 있는 사천 당가에 최대한 빠르게 도착하기 위해서였다.
  검강을 다루는 만큼 그들은 경공실력도 뛰어났다.
  사람들이 최대한 없는 일직선 방향으로 세 사람은 건물들을 뛰어넘으며 질주하기 시작했다.
  이제 약속을 지킬 시간이었다.
  손민수에게 졸업을 하는 대가로 사천 당가에 레드 드래곤이 있다는 정보를 넘겨야만 했다.
  하지만 계속해서 지은우와 박수봉이 동행하고 있어서 짬을 내기가 어려웠다.
  "그런데 우리가 간다고 방도가 있으려나?"
  지은우가 달리면서 박수봉에게 물었다.
  박수봉 역시 도움이 되지 않는다는 것쯤은 예상할 수 있었다. 드래곤은 괴물같은 우주조차 도망치게 만들었던 몬스터가 아닌가.
  "그래도 가야지."
  "하긴……."

둘의 대화를 듣던 당민우는 지은우와 박수봉이 어느 세가 출신인지 궁금해졌다. 당민우가 알기로 지씨세가와 박씨세가는 들어본 적이 없었다.

'잠깐, 가명이라면?'

만약 둘의 이름이 지은우와 박수봉이 아니라면 말이 되었다. 당민우는 그들에게 진짜 이름을 물어볼 필요성을 느꼈다.

"지은우, 박수봉."

"음?"

"왜 그러지?"

갑작스런 부름에 속도를 늦춘 지은우와 박수봉이 당민우의 양쪽에서 달리면서 대답했다.

"궁금한 게 있다. 너희의 진명(眞名)은 무엇이지?"

아카데미 내에서 같은 상급팀에 있으면서도 말이 유독 없었던 둘이었다.

그래서 그런지 둘과 이야기해볼 기회는 적었다.

"뭐, 이제 상관없겠지."

"우리 둘의 진짜 이름은 하정우, 하정수이다."

"영화배우?"

"말 같지도 않은 소리하지 마라."

하정수의 일갈에 당민우가 혼자 피식거리다 곰곰이 생각했다. 같은 성에 이름도 비슷하다.

당민우가 둘을 번갈아 쳐다보았다.

하정수는 마스크를 끼고 있어서 잘 보이지 않았지만, 하정우와는 전혀 닮지 않은 것 같았다.

둘의 얼굴을 힐끔거리는 시선이 느껴졌는지 하정우가 웃었다.

"네 생각대로 우리는 같은 가문의 피를 나눈 형제이다. 그렇지만 전혀 닮지 않았지."

"…이렇게 안 닮을 수도 있는 거요?"

"있지."

하정수의 말에 당민우가 이름보다 궁금했던 것을 물었다.

"그럼 당신들의 사문은?"

"궁금한 게 많군."

사문을 묻자 정색하는 하정수를 보고 당민우는 초이스 아카데미에서 성격이 많이 변했다고 생각했다.

예전 성격 같았으면 바로 하독을 했을 것이다.

"하하. 대답하기 싫으면 싫다고 하지."

이야기를 하다가 너무 멀리까지 왔다.

약속한 정보를 어떻게 손민수에게 전해줘야 할까 고민하던 당민우는 이들과 다른 길로 빠져야겠다고 생각했다.

정체도 모르는 녀석들과 다닐 수는 없었다.

뚝.

갑자기 당민우가 멈춰 서자 하정우와 하정수도 멈춰 섰다.

"난 여기서 다른 방향으로 가겠다."

"미안하지만 당민우, 우리랑 같이 가야 할 것 같다. 끌려갈 텐가? 스스로 갈 텐가?"

"뭐?"

하정수의 말에 당민우가 어이없는 표정을 지어보였다.

가는 길이 같은데 헤어지자고 하면 이유정도는 캐물을 줄 알았는데, 둘은 이유도 묻지 않고 당민우를 끌고 가려 했다.

"왜지? 당가에 대해서 잘 알고 있을 텐데?"

"물론."

"하정수."

더 이상의 말은 필요 없다는 듯 하정우가 검을 꺼내들었다. 검을 든 하정우의 기세가 일변했다.

당민우는 둘이서 덤벼든다면 하정우와 하정수의 상대가 되지 않는다는 것을 잘 알고 있었다.

"꼭 나와 같이 가야하는 이유는?"

"당가에 우리도 가야 할 이유가 있거든."

당민우는 직감적으로 하정우 역시 레드 드래곤이 당가에 있다는 정보를 알고 있다고 생각했다. 결국 어차피 당가에서 다시 만나게 될 것이라면 헤어질 이유는 없었다.

다만, 지금 이들과 헤어지려는 이유는 손민수와의 약속을 지키기 위해서였다.

'어쩔 수 없군.'

결국 결단을 내린 당민우가 양손을 들었다.

"좋아. 같이 가자고."

세 사람은 다시 인천공항을 향해서 뛰기 시작했다.

*   *   *

중국 사천성 사천 당가.

그곳은 이미 지옥이었다.

널브러진 시체들과 피가 강을 이루고 있었다.

독물들이 자유롭게 돌아다니고 있었다.

테리우스는 그 모습을 감흥 없는 표정으로 바라보고 있었다.

"따분하군."

중국무림협회를 브레스로 날려버린 테리우스는 우주에 관한 모든 것을 날려버리기 위해 한국으로 향해야겠다고 생각을 했다.

하지만 이 모습으로 한국으로 향하자니, 걸리적거리는 것들이 너무 많았다.

그래서 생각한 것이 바로 부하로 삼을 만한 인간을 찾는 것이다.

적당히 머리도 돌아가면서 적당히 강하면서 적당히 악한 그런 인간이 테리우스는 필요했다.

하늘을 날면서 생각을 한 거라 우연찮게 내린 곳이 바로

사천성이었다.

사천성엔 많은 문파가 있었지만 그 중에서도 독과 암기를 다루는 당가가 제일로 유명했다.

독을 다룬다는 말에 테리우스는 곧장 당가로 향했다.

독은 여러 방면으로 써 먹을 수 있을 것 같다는 생각이 들었기 때문이다.

처음 당가에 들어왔을 때 당가의 분위기는 초상집 분위기였다. 중국무림협회에 있던 식솔들이 모두 죽었다는 소식을 들었으니 당연했다.

드래곤이라는 몬스터의 소행임을 알았을 때 당가는 분노했다. 당장 그 몬스터를 찾아서 죽여 버리자는 강경한 의견이 대부분이었다.

마침 그 의견이 강하게 터져 나왔을 때, 테리우스가 장내에 등장했다.

"누구냐!"

"레드 드래곤."

"뭣이라?

드래곤이 인간으로 폴리모프할 수 있다는 사실은 이미 널리 퍼진 사실이었다.

테리우스의 타오르는 것 같은 붉은 머리를 보니 어쩌면 정말 레드 드래곤일 수도 있다고 생각한 당가의 사람들이 독을 풀기 시작했다.

하지만 독은 마법 앞에 무용지물이었다.

해독 마법을 통해 독의 영향을 전혀 받지 않게 된 테리우스는 무차별적으로 당가 사람들을 죽였다.

　그렇게 적당히 강해보이는 사람들만 남았을 때, 테리우스가 말했다.

　"내가 여기 온 이유는 하인이 필요해서이다. 내 하인이 된다면 지금 남은 모두를 살려주마."

　그 말을 들은 살아남은 사람들은 고민을 하기 시작했다. 드래곤의 하인이 되어서 살아남을 것인지 모두 장렬하게 죽음을 택할 것인지를.

　결과적으로 당문은 죽음을 선택했다.

　괴물의 하수인으로 살아갈 바에 죽음을 선택한 것이다.

　테리우스는 강제로 인간을 부하로 만들 수도 있었다.

　하지만 그렇게 하지 않고 전부 죽여 버렸다.

　이곳에 있는 여러 독물과 독은 혼란을 일으킬 수 있었다. 어쩐 혼란을 조장하는 드래곤이 되어버린 것 같은 느낌이었다.

　그러나 딱히 상관없었다.

　이건 하나의 유희일 뿐이었으니 말이다.

　"그나저나 이것들을 어디다 푸는 것이 좋을까?"

　테리우스가 음흉하게 웃었다.

　　　　　＊　　＊　　＊

"모두 모였나?"

"네."

우주는 졸업생들이 떠나고 난 후, 모두를 한 자리에 집합시켰다. 초이스 아카데미를 졸업하지 못한 초이스들까지 전부 말이다.

"중국 사천성에 레드 드래곤 테리우스가 나타났다는 정보를 입수했다."

우주의 말에 사람들이 웅성거리기 시작했다. 만약 이번에도 중국 대륙에 브레스를 뿜기라도 한다면 중국이 초토화될 가능성도 있었다.

그건 대의적인 명분이고 실상은 복수를 위해서였다.

"지금부터 너희에게 의견을 묻고자 한다. 드래곤은 강대한 적이다. 그러나 우리가 힘을 합치면 드래곤을 잡을 수 있다고 나는 생각한다. 너희들은 어떻게 생각하는가?"

우주의 말에 다시 사람들이 웅성거리기 시작했다.

한 지역을 통째로 날려버릴 수 있는 존재를 죽이자는 말에 일말의 두려움마저 비치는 사람도 있었다.

"현재 세계 초이스 대책 본부가 세워진 주 이유가 드래곤이라는 재난 때문입니다. 진작 만들어져야하는 시스템이었지만 게이트가 열린지 얼마 되지 않았기 때문에 정부도 발 빠르게 움직이지 못했죠. 하지만 어느 정도 초이스라는 신인류에 대해서 익숙해지면서 정부에서도 아낌없는 지원을 약속했습니다."

류시우의 말이었다.

'정부가 지원해준다고 달라지는 게 있을까'하고 고민하는 사람들이 보이자 권창우가 덧붙였다.

"다들 정부의 지원에 대한 의미를 잘 모르는가본데 정부의 지원은 우리가 마음 놓고 싸울 수 있게 물적으로 최고의 지원을 해준다는 말이다. 거기다 만약… 싸우다 죽었을 경우, 가족들에게 연금을 주는 식의 보상을 해주겠다고 하더군."

정부를 믿을 수는 없지만 권창우는 믿을 수 있었다.

싸우다 죽을 경우에도 가족들에게는 적절한 보상이 지급된다니 눈에 띄게 안색이 좋아지는 초이스들이 보였다.

우주는 자신이 잘하고 있는지에 대한 의문이 들었다.

어쩌면 이 사람들 중 반도 못 살아남을 수 있었다.

그 정도로 드래곤이라는 적은 강대했다. 우주 혼자서 쓰러뜨릴 수 있는 적이었다면 참 좋겠지만 아직은 많이 부족했다. 블랙 드래곤 다크니스의 도움을 얻는다고 하더라도 어려울 것 같았다. 혼자라면 말이다.

하지만 모두 함께라면. 모두 함께 계획을 세워 철저하게 녀석을 공략한다면 승산이 있었다.

모두 각자 다른 능력을 가지고 있는 초이스들과 그걸 적재적소에 배치시켜줄 인재도 있었다.

또한 막강한 공격력을 자랑하는 인재들도 있었다.

브레스만 막아낼 수 있다면 드래곤을 죽일 수 있다고 우

주는 생각했다.

드래곤 하트의 마나를 엄청나게 소비하는 드래곤의 숨결은 그 공격이 끝났을 때, 잠시 동안 마나 다운 현상이 일어난다.

인간으로 치면 호흡 곤란 증세를 보인다고 '몬스터 도감'에 나와 있었다.

브레스를 멀쩡히 버티고 난 다음, 드래곤을 공격할 수만 있다면, 드래곤 슬레이어가 되는 것도 꿈이 아닐 것이다.

"방법이 있는 겁니까."

초이스 신입팀의 신우환이 우주를 보고 물었다.

이곳에 모인 초이스들은 사실상 UN그룹의 최대 정예이자 초이스 아카데미의 최우수 교육생들이었다.

"물론. 아직은 조금 어려울 수도 있지만 방법은 있다. 다들 몬스터 도감은 다 외웠겠지?"

우주의 언급에 몬스터 도감에 드래곤이 수록되어 있다는 것을 깨달은 모두가 드래곤에 대해서 언급되어 있는 부분을 생각하기 시작했다.

다들 기억을 못 하는 듯하자 우주가 직접 마나 다운 현상에 대해서 설명했다.

"그 방법이라면 가능할 수도 있겠군요. 하지만 드래곤의 브레스를 막을 방법이 없지 않습니까?"

핵심을 찌르는 질문에 우주가 여러 방법 중 하나를 말해주었다.

"현재로서는 드래곤의 브레스를 막을 방법이 없긴 하지. 하지만……."

우주가 '탐지 레이더'를 들어보였다. 이곳에 있는 모두는 탐지 레이더가 어떤 물품인지 알고 있었다. 그들의 피와 같은 스텟을 투자해서 구입한 물품이었다.

"아."

"현재로서는 방법이 없지만 마켓 타워에서 유용한 장비를 구입해서 무장을 한다면 가능할 것이라 생각한다."

확실히 시스템의 산물인 마켓 타워의 물품이라면 드래곤 또한 무찌를 수 있었다. 모두가 수긍하고 있을 때, 초이스 신입팀의 최강자, 조민기가 물었다.

"하지만 마켓 타워의 장비를 구입하려면 저희가 가지고 있는 스텟을 지불해야 하지 않습니까? 하지만 적은 스텟으로는 좋은 장비를 살 수 없다고 알고 있습니다."

조민기도 마켓 타워를 이용해봐서 알고 있었다.

최상급 장비를 구입하려면 최소 100포인트정도의 스텟을 지불해야 한다는 사실을 말이다.

우주는 조민기의 말에 피식 웃었다.

"그건 걱정마라. 일주일이면 이곳에 있는 모든 인원이 최상급 장비를 착용하고 있을 테니까 말이다."

준비

　백무환은 초이스 아카데미를 나와서 곧장 그의 안가로 향했다. 우주에게 6대 그룹을 대표하는 초이스라고 소개를 했기 때문에 거짓이 들통나기 전에 빨리 후속 조치를 취해야 했다. S그룹의 장자에게는 개인적으로 빚이 있었기에 나오는 김에 겸사겸사 풀어주기로 한 것이다.

　"흥. 6대 그룹을 대표하는 초이스는 무슨."

　백무환은 6대 그룹이라면 진저리를 쳤다. 자기들이 대한민국 최고의 권력자라고 생각하는 사람들이 6대 그룹이었다. 그런 자들이 최후까지 대한민국을 넘보지 못하도록 수호해온 것이 바로 백가문, 백무환의 사문이었다.

안가에 도착한 백무환은 짐을 풀고 몸을 침대에 던졌다.

"후. 이제 어떻게 한다."

현재로서 가장 시급한 것은 중국 사천 당가에 있다는 레드 드래곤을 말살하는 일이었다. 드래곤을 죽이지 못하면 결국 전 세계 인간들은 두려움에 떨면서 살아가야만 한다.

"아무리 드래곤이라도 미국의 화력병기를 퍼부으면 죽지 않을까."

하지만 드래곤 하나 죽이자고 중국에 핵을 떨어뜨릴 수는 없었다. 결국 역시 가장 확실한 방법은 직접 처단하는 방법밖에 없었다. 그러기 위해서는 UN그룹에서 팀을 이룬 초이스들과 합격을 하는 것이 가장 좋은 방법이었다.

"시간만 많았으면 말이야."

안타깝게도 백무환에게는 시간이 그리 많지 않았다.

[대한민국에 나타날 최악의 몬스터, 주작을 막으시오.]
—남은 시간 : 일주일.

아무도 모르는 사실이었지만 대한민국의 수호가문인 백가문에서는 예로부터 전해 내려오는 이야기가 있었다. '세상이 개벽했을 때, 사대 신수가 등장해서 세계를 멸망시킬 것이다'라는 이야기였다.

그리고 세계 멸망을 막는 일이 바로 백가문의 오래된 숙명이었다. 백무환은 손을 쫙 펴서 천장으로 뻗었다.

"과연 이 손으로 사대 신수를 막을 수 있을까?"

가진 초이스의 능력은 폭발의 능력뿐이었다. 거기다 혼자서 모든 짐을 안고 있는 기분이라 백무환의 부담감은 백배가 되었다. 만일의 경우, 사대 신수를 막지 못하게 된다면 세계는 멸망의 길을 걷게 될 것이다.

"하필 이런 상황에 드래곤까지 등장하다니."

마치 누군가 고의적으로 이 세상을 멸망시키려고 하는 것 같았다.

"상태창, 오픈."

[백무환]
LV : 35　　　　　　　　나이 : 29세
직업 : 초이스(폭발 초이스)
칭호 : 대한민국의 수호자
체력 : 1500/1500　　　정신력 : 5000/5000
내공 : 50
스텟 포인트 : 5
※추가 스텟은 추후 개방 가능합니다.

할 수 있다고 믿어야 했다. 주작은 첫번째였다. 사대 신수가 전부 등장하지도 않았다. 일부러 UN그룹에 사대 신수에 대해서 정보를 흘리지 않은 것도, UN그룹은 드래곤들을 맡아줘야 했기 때문이다.

백무환이 본 박우주라면 무슨 수를 써서든 드래곤을 막아낼 것이다.

"내가 실패한다면 역시 이야기의 주인공은……."

'사대 신수가 세계를 멸망시킬 것이다'라는 이야기에는 뒷내용이 더 남아 있었다.

그건…….

* * *

우주는 엄청나게 술을 퍼마시고 있었다. 미친 듯이 술을 퍼마시고 있는 우주를 보면 알코올 중독자처럼 보였다. 우주가 술을 마실 때마다 엄청난 속도로 계속해서 알림창이 뜨기 시작했다.

[알코올을 섭취하셨습니다. 스텟이 1포인트 증가합니다.]

[술을 너무 마셔서 정신력이 하락하고 있습니다.]

정신력이 전부 소모되기 직전, 우주는 술을 마시기 전에 스킬 '다주'로 만든 스킬을 하나 사용했다.

"스킬 '알코올 소화' 시전."

[스킬 '알코올 소화'를 시전합니다. 여태까지 마신 알코

올의 양을 정신력으로 변환합니다.]

스킬로 정신력을 회복한 우주가 다시 술을 미친 듯이 마시기 시작했다.

우주가 이렇게 술을 열심히 마시고 있는 이유는 마켓 타워에서 장비를 사들이기 위해서였다. 스텟을 잔뜩 쌓아놓은 다음 마켓을 방문할 생각이었다. 그래서 먼저 술을 잔뜩 마시려고 했다. 술을 마실 때 제일 걱정되었던 것이 정신력이었는데, 그걸 스킬 '알코올 소화'로 해결할 수 있게 되자 거리낄 것이 없어졌다.

술을 마시다가 정신력이 떨어지면 '알코올 소화'를 사용해서 정신력을 회복하고 마신 술들을 배출한다. 그야말로 무한대로 술을 마실 수 있게 된 것이다. 그리고 그 말은 무한정으로 스텟을 쌓을 수 있게 되었다는 말이었다.

그렇게 하루동안 우주는 주구장창 술을 물 마시듯 마셔댔다.

"저렇게 마셔도 안 죽나?"

우주와 술 대작을 벌이겠다고 나섰다가 포기를 한 다크니스가 누워서 입을 떼었다. 처음에 우주가 술을 마시러 간다기에 오랜만에 술을 마음껏 마실 수 있을 줄 알고 다크니스는 좋아했다.

처음에 우주가 죽을 수도 있는데 괜찮냐고 물었을 때, 드래곤을 술로 죽일 수 있겠냐고 큰소리를 떵떵 쳤던 것이

후회가 되었다.

다크니스는 이곳 세계의 술을 맛보다가 자신이 너무 해롱거리는 것 같을 때쯤 이계의 술을 꺼내서 우주에게 먹였다. 그런데 우주는 오히려 좋아하면서 꺼내준 이계의 술을 한방울도 남김없이 마시는 것이 아닌가?

다크니스는 정말 술로는 지고 싶지 않았다. 그래서 이 술, 저 술을 섞어서 폭탄주를 만든 뒤 우주에게 먹였다. 하지만 그럼에도 불구하고 우주를 술로 죽일 수는 없었다. 우주가 술을 마시는 모습은 정말 술을 마시기 위해서 태어난 사람처럼 자연스럽고 아름다웠다.

술을 마시는 것이 뭐가 그렇게 아름답냐고 하는 사람들이 있을지 모른다. 하지만 그것도 경지에 이른 자가 되면 술을 마시는 것에서도 예술혼이 느껴진다.

다크니스는 결국 우주에게 굴복할 수밖에 없었다. 항복을 선언하고 다크니스가 바닥에 눕는 순간, 우주가 술을 마시는 속도가 더 빨라졌다. 다크니스를 상대한다고 속도를 조절하고 있었던 것이다.

우주의 목적은 스탯을 모으는 것이다. 보통 스탯을 모을 수 있는 속도는 한잔에 1포인트 정도였다. 그렇다면 소주를 기준으로 한병에 7포인트가 되는 것이고, 잔에 따라서 포인트가 쌓이는 속도가 다를 것이라고 생각했다.

하지만 모든 술을 소주잔에 부어서 먹기에는 시간이 너무 오래 걸렸다. 그래서 우주가 택한 방법은 결국 잔에 따

르지 않고 병째로 술을 마시는 방법이었다. 스탯이 얼마나 쌓이는지도 신경 쓰지 않았다. 대신 양으로 승부를 보았다.

많이 마시면 마실수록 스탯도 많이 쌓일 거라 생각한 것이 적중했다. 정확히 얼마나 마셨는지 세지는 못했지만 어제 아침에 마시려고 준비해놓은 술들이 하루 만에 다 떨어져가고 있었다.

"만병을 준비해뒀는데, 벌써 다 떨어졌나?"

밖을 보니 해가 뜨고 있는 것 같았다. 하루 만에 술 만병을 마신 사람치고 우주는 너무 멀쩡해 보였다. 우주는 마지막 만병째 술의 마지막 병을 입 속에 털어 넣었다.

[술 만병을 섭취하셨습니다. 칭호 '술고래'를 얻었습니다.]

[술고래]
—술을 무려 만병이나 마신 당신은 술고래라고 불릴 자격이 있습니다. 칭호 장착시, 하루에 1회에 한해서 술 만병의 양을 뿜어낼 수 있습니다.

칭호를 얻었다는 메시지를 본 우주는 칭호의 효과를 보고 놀라운 표정을 지었다. 좋은 칭호를 얻었다고 생각한 우주는 하루동안 쌓인 스탯을 확인해보았다.

"상태창 오픈."

[박우주]
LV : 45
칭호 : 최초의 초이스, 기적을 일으킨 자.
체력 : 2000/2000(+1000)
정신력 : 5000/5000(+1000)
내공 : 100(+10)(뇌전 속성이 추가됨.)
스텟 포인트 : 53250
※추가 스텟은 추후 개방 가능합니다.

술만 마셨는데, 레벨도 올라 있었다. 거기다 스텟 포인트
가 오만 포인트나 쌓여 있는 것을 본 우주가 고개를 절레
절레 저었다. 정신이 없을 정도로 술을 마시기는 했지만
이정도로 많이 쌓여 있을 줄은 몰랐기 때문이다.

"이 정도면 충분하겠군."

뜻하지 않게 얻은 보상도 있었다. 이제는 장비를 구매하
러 갈 시간이었다.

"일단 잠을 좀 청해볼까……."

하루동안 술을 마시느라 피곤해진 몸을 이끌고 우주는
잠을 청했다.

다음 날, 오랜만에 마켓 타워 서울지부를 찾은 우주가 지
부장인 테인을 마주했다.

"오랜만이네?"

"그러게."

"테인, 혹시 드래곤 슬레이어들이 쓰던 장비 없나?"

"뭐야, 드래곤 잡으려고?"

테인은 하늘을 돌아다니는 책들 중 하나를 잡았다. 마켓에서 파는 물품들이 상세하게 나와 있는 책이었다.

"으음, 드래곤 슬레이어라."

책장을 넘기던 테인이 좋은 것을 찾았는지 책을 우주에게 내밀었다.

"드래곤 슬레이어의 검이야. 드래곤 스퀘어(비늘)를 무 자르듯 썰 수 있는 검이라고 하더군."

"얼마지?"

테인이 손가락 3개를 들어 보이면서 말했다.

"300."

300포인트면 레벨로 환산해봤을 때 60레벨을 올려야 살 수 있는 장비였다.

"제한 레벨이 30?"

"저 레벨대의 검 중에는 최고라고 할 수 있지. 특히 드래 곤을 상대한다면 더욱 더."

"장바구니에 넣도록 하지."

"어어, 그래."

저번에도 엄청난 양의 스텟을 지불한 전적이 있었기에 테인은 우주가 스텟이 엄청 드는 물품을 산다는 것에 대해서 별다른 거부감이 없었다.

"다른건?"

"더 사려고?"

"전부 추천해줘."

"뭐, 알았다."

다른 사람이 쇼핑하는 것처럼 다른 물품들과 비교를 해보려고 그러는 것인가 싶었던 테인은 드래곤 슬레이어들이 쓰는 물품들을 하나둘씩 추천해주기 시작했다.

[드래곤 슬레이어의 활]

[드래곤 슬레이어의 창]

[드래곤 슬레이어의 단검]

[드래곤 슬레이어의 장갑]

[드래곤 슬레이어의 방패]

[드래곤 슬레이어의 장검]

[드래곤 슬레이어의 지팡이]

…….

드래곤 슬레이어란 이름이 붙은 무기란 무기는 모두 장바구니에 쑤셔 넣었다. 테인은 '설마 저걸 다 사지는 않겠지'라고 생각하기 시작했다.

"혹시 갑옷 종류는 없나?"

테인은 우주의 물음에 다시 시달리게 되었다. 그렇게 장

장 5시간동안 쇼핑을 하고 결제를 누르자 우주가 가진 스
텟 중에 반이 날아갔다.

"미, 미친. 이만 오천 포인트를 썼다고?!"

"다음에 또 들리도록 하지."

인벤토리가 부족해서 아공간을 구매한 뒤 그곳에 쇼핑한
물건들을 모조리 넣은 우주가 마켓 타워를 나갔다. 타워를
나오면서 우주는 진작 이 방법을 써야 했다고 생각했다.
그러고 보니 그동안 생각하지 못했는데, 알코올 초이스의
최대 능력은 바로 술을 마시면 스텟 포인트를 받을 수 있
다는 사실이었다.

잊고 있었는데 스텟은 원래 본인에게 투자하라고 있는
것이다. 그 스텟을 계속해서 사용하지 않고 있었으니 스스
로 강해질 리가 없었다. 우주는 UN그룹으로 돌아가면 스
텟 배분을 해야겠다고 생각했다.

* * *

"이경묵님. 죄송합니다."

"신 비서. 그동안 잘 있었어?"

돌아온 이경묵은 그동안 신 비서가 알고 있던 이경묵이
아니었다.

"아버지는?"

"회장님께선……."

신 비서가 말끝을 흐리자 이경묵의 인상이 찌푸려졌다.

"아버지는!!"

"의사가 마음의 준비를 하라고 했습니다…….."

"그렇구나…….."

그동안 아버지를 귀찮은 존재라고만 생각했던 이경묵이었다. 하지만 이제는 아니었다.

"아버지에게 간다. 그리고 백무환이라는 자에 대해서 알아봐. 아! 또, 이번에는 내 이름으로 그룹회의를 개최해 줘. 바쁘시면 안 나와도 좋다고 전해. 예전 일에 대한 사과와 중요한 정보가 있다고도 전해 드리고."

"그룹 회의는 알겠는데 백무환이라는 사람은 왜……?"

"그 녀석 덕분에 나올 수 있었거든."

이경묵이 없어도 S그룹은 잘 돌아가고 있었다. 역시 아버지가 선임해놓은 이사들은 능력이 뛰어났다. 이제는 이사들을 이경묵이 휘어잡을 시간이었다.

"아버지."

S그룹의 오너, 이운환이 있는 곳에 도착한 이경묵은 초췌한 모습의 아버지를 보고 그동안 정말 자신이 불효자였다는 것을 깨달았다.

"죄송합니다. 그동안 못난 모습만 보여드렸네요."

이경묵의 진심이 이운환에게 닿았는지 이운환이 눈을 번쩍하고 떴다.

"허허. 살다 살다 네놈에게 죄송하다는 소리를 듣게 될

줄이야."

"아버지!! 의, 의사!!"

눈을 감고 있던 이운환이 갑자기 눈을 떴다. 이경묵은 이 게 무슨 일인가 싶어서 놀란 눈으로 이운환을 바라보았다.

"그만 소리치거라. 마지막이니."

이경묵의 눈빛이 달라졌다는 것을 깨달은 이운환이 이경 묵을 보고 말했다. 이경묵은 갑자기 멀쩡해진 아버지를 보 면서 이를 악물었다. 죽음 직전에 멀쩡해진다는 회광반조 현상이라는 것을 깨달았기 때문이다.

"아들아. 앞으로 꽤 험난할 거다. 하지만 지금의 널 보니 그룹을 맡기고 떠날 수 있겠구나."

"죄송합니다. 죄송합니다."

"괜찮다. 내가 평생 이뤄온 S그룹을 잘 부탁……."

이운환이 눈을 감았다. 이경묵이 눈물을 흘리면서 소리 쳤다.

"아버지이!!"

* * *

장례식이 열렸다. 이운환의 유언장이 공개되고 이경묵 이 회장으로 지목되었다. 이사들의 반발은 없었다. 이운 환이 죽고 보여준 이경묵의 대처가 너무 완벽했기 때문이 다.

6대 그룹의 오너들은 장례식이 열리기 전에 이경묵의 요청으로 가상의 공간에서 모였다.

"소식은 들었네. 삼가 고인의 명복을 비네."

"감사합니다."

"그래. 이제 자네가 S그룹의 대표인가?"

　얼굴이 가려져서 상대가 누군지 보이지 않는 공간에서 이경묵이 말했다.

"예. 제가 이제 S그룹을 대표하게 되었습니다."

"오호."

"먼저 저번 일에 대해서는 죄송하다는 말씀을 올리겠습니다. 그 정도 병력이면 UN그룹을 처리할 수 있을 줄 알았습니다."

"괜찮다네."

　이경묵을 다른 그룹의 초이스들이 완벽하게 돕지 않은 것을 알고 있었기에 다른 그룹의 오너들은 이경묵에게 책임을 전가하지 않았다. 새로 대표가 된 만큼 그리고 먼저 사과한 만큼 대우를 해준 것이다.

"그나저나 중요한 정보가 있다고 들었네. 무엇인가?"

　바쁜 와중에도 이곳에 모인 이유는 바로 이경묵으로부터 정보를 캐내기 위해서였다. 바로 본론으로 들어가는 타그룹들의 오너들을 보면서 이경묵이 먼저 궁금했던 것을 물었다.

"그전에 혹시 백무환이라는 이름을 알고 있습니까?"

"백무환?"

"누구지?"

대부분이 모르는 듯 해보이자 이경묵이 이야기를 계속했다.

"제가 UN그룹에 잡혔을 때, 백무환이라는 자가 손을 써서 절 풀어주었습니다. 그래서 어르신들 중에 백무환을 아는 자가 있을 거라 생각했습니다. 그럼 계속해서 이야기를 이어나가겠습니다. 어르신들께서 말씀하신 정보, 그건 바로 드래곤에 대한 정보입니다."

모두의 귀가 쫑긋거렸다. 지금 세상에서 가장 이슈가 되는 것이 바로 드래곤이었기 때문이다.

"그전에 MM방송국의 어르신께 부탁드리겠습니다. 이 정보는 터뜨리지 않는다고 약속해주시겠습니까."

"흠. 약속하지."

"감사합니다."

이곳에 모인 6그룹은 S, K, N, TP, H그룹과 MM방송국이었다. 혹시나 이경묵의 정보를 듣고 MM방송국이 혹시라도 이를 터뜨릴 경우엔 드래곤에게까지 정보가 전해질 수도 있었다.

"현재 드래곤은 중국 사천성의 사천 당가에 있다고 합니다."

"그 정보는 누구에게 들었지?"

이경묵은 이 정보를 전해 받았을 때를 떠올렸다.

“백무환이다.”

“백무환…님?”

이경묵이 이운환을 만나러 병원으로 가던 길에 백무환이 나타났다. 백무환은 전해줄 말이 있다고 했다. 박우주로 부터 들었던 말이 있었기 때문에 이경묵은 백무환의 말을 신용해서 들었다.

일단 UN그룹에서 자신을 꺼내주었다는 것만으로도 백무환은 고마운 존재였다.

그렇게 이경묵은 백무환으로부터 몇 가지의 정보와 하나의 미션을 받을 수 있게 되었다.

“이 정보는 UN그룹에 잡혀 있었을 때 듣게 되었습니다.”

의심하는 사람은 없었다. 이경묵은 다행이라고 생각하며 다시 이야기를 했다.

“그리고 먼저 제가 이런 말씀을 드리기는 뭐하지만 전 오늘부로 UN그룹의 박우주 회장을 지지하도록 하겠습니다.”

“뭐라고?”

이경묵의 이야기는 6대그룹의 오너들에게 엄청난 충격을 안겨주었다.

“UN그룹에서 세뇌라도 당했나보지?”

“그런거 아닙니다. 생각이 바뀌었을 뿐입니다. 여러 어르신들도 아시다시피 드래곤이 세상에서 깽판을 치고 다

니면 저희는 있으나 마나 한 존재라는 것을 알고 계실 겁니다. 단지, 언급을 하지 않을 뿐. 하지만 UN그룹의 박우주라면 그리핀을 잡았을 때처럼 드래곤을 잡아줄 것이라고 생각을 합니다."

이경묵은 천천히 또박또박 자신의 의견을 피력했다. 이들에게 통하는 건 논리였다. 이경묵의 말로 이들은 흔들릴 수밖에 없을 것이다.

"그리고 드래곤이 나타났을 때 박우주 회장이 드래곤을 잡게 된다면 한국에서만이 아니라 전 세계에서 줄을 대려고 할 것입니다. 전 냉정하게 생각하고 투자를 하는 것입니다. 여러 어르신에게 이렇게 이야기를 하는 것은 6대 그룹의 결속력을 높이기 위해서이지, 분란을 일으키기 위해서가 아닙니다."

"만약 실패하면?"

"손해를 보겠죠. 투자란 원래 그런것 아닙니까?"

투자에 관해서 너희가 더 잘 알지 않느냐는 이경묵의 말투에 누군가 피식 웃었다.

"그렇지. 투자란 그런 것이지. S그룹이 망하지는 않겠구만."

이운환이 죽었다는 소식을 들었을 때 이제 S그룹은 지는 별이 될 것이라고 생각했다. 하지만 이경묵이 저렇게 의견을 피력하는 모습을 보니 '역시 호랑이는 자식도 호랑이구나'라는 생각이 들었다.

"TP그룹이야 원래 UN그룹을 좋아했으니 S그룹의 의견에 대찬성을 할 것이고, 거기에 나도 찬성표를 넣도록 하지."

N그룹의 오너가 말했다. 사실 N그룹의 오너, 강철현은 강철민으로부터 지속적인 설득을 당하고 있었다. 처음에는 말도 안 되는 소리로 치부했다. 하지만 개망나니로 불리던 아들이 점점 변하는 모습을 보면서 강철현은 우주를 점점 더 믿게 되었다.

개망나니를 사람으로 만들 정도면 투자를 할 가치는 충분했다.

"세 그룹이나 찬성을 하다니 이례적인 일이군요. 남은 건 H와 저희 그리고 MM뿐인가요."

"우린 어차피 방송을 하는 그룹이다. 어차피 UN그룹이 우릴 최우선 방송국으로 지정해서 초이스들을 방송할 수 있도록 연계해준다면 우린 그것보다 좋은 것이 없어."

세계에서 가장 주목받는 것이 바로 UN그룹의 박우주였다. 그를 근접에서 촬영할 수 있다면 막대한 수익은 보장될 수밖에 없었다.

"MM도 찬성이란 말이군요. 이렇게 되면 어차피 다수결의 원칙에 따라 UN그룹을 지지하는 것으로 결정이 나겠군요."

H그룹의 오너는 흐름에 순응하는 자였다. 분위기가 이미 S그룹으로 넘어간 이상, S그룹의 의견을 따라주는 것

이 좋았다.

"저도 찬성입니다."

"남은건 K그룹뿐인데……."

"저희라고 다를 것이 있겠습니까. 대세를 따라야죠."

이경묵은 미소 지었다. 생각했던 대로 되었기 때문이다. 이렇게 이경묵은 백무환의 미션을 완벽하게 수행할 수 있었다.

"감사합니다."

*   *   *

"고생이 많군."

장례식장에 우주가 등장했다. 설마 직접 찾아올 줄은 생각도 못했던 이경묵은 우주의 모습에 큰 감명을 받았다.

"지금 엄청 바쁘시지 않습니까?"

"아, 조금. 하지만 그건 그거고, 이건 이거지."

모르는 사람이라면 모를까 대한민국을 지탱해온 그룹 중하나인 S그룹 오너의 장례식이었다. 거기다 이경묵과의 인연 또한 무시할 수 없었다.

"그나저나 너야말로 꽤 바쁠 텐데 이곳을 지키고 있군."

대기업 회장의 2세가 아닌 대기업 회장으로서 기업을 이끌어나가려면 해야 할 일들이 한두개가 아니었다. 우주는 그걸 모두 하면서 이렇게 장례식까지 지키고 있는 것인지를 묻고 있었다.

"전, 제 사람들을 믿습니다."

"호오. 예전과는 정말 딴판이군."

우주는 S그룹에 대한 평가를 수정해야 할 것 같다고 생각했다.

"와주셔서 감사합니다. 아, 그리고 오신 김에 한 말씀 드리겠습니다. S그룹을 필두로 한 6대그룹은 이제 적으로 생각지 말아주셨으면 합니다."

"이유는?"

"저희는 현시간부로 UN그룹에 대한 모든 지원을 아끼지 않겠습니다."

우주가 정말 놀랍다는 듯 이경묵을 바라보았다. 방금 한 말이 사실이라면 이경묵의 능력에 대해서 다시 한번 검토를 해야 할 것 같았다.

"좋아, 믿어보지."

"감사합니다."

"필요한 것이 있으면 여기로 연락하도록."

오는 것이 있으면 가는 것도 있어야 하는 법. 우주는 손민수의 명함을 이경묵에게 건넸다. 앞으로 우주는 드래곤을 상대하기 위해서 다시 회사를 비워야만 했다. 자질구레한 일들은 손민수가 처리해줄 것이다.

"그럼 삼가 고인의 명복을 빌지."

"무운을 빌겠습니다."

"걱정마. 아무래도 6대 그룹이 노선을 바꾼 이유가 드래곤인 것 같은데… 레드 드래곤 테리우스, 그 녀석은 이제 끝이야."

우주는 자신감을 표하면서 장례식장을 떠나갔다. 우주의 뒷모습을 보면서 이경묵은 생각했다.

'드래곤이 끝이 아닙니다. 박우주 회장님. 그러니까 최대한 빨리 드래곤을 처리해주십시오.'

* * *

급하게 연락을 받고 장례식에 다녀온 우주는 UN그룹에 도착하자마자 원래 하려고 했던 일들을 하기 시작했다.

먼저 남은 이만 팔천 포인트를 스텟에 투자했다. 일단 우주는 정신력 수치를 높였다. 1900포인트를 정신력에 투자하자 정신력이 10만이 되어버렸다.

이왕 맞추는 거, 체력도 10만으로 맞추기 위해서 1960포인트를 체력에 투자했다. 그러자 체력도 10만 포인트를 채우게 되었다.

이제 웬만한 공격으로 우주가 죽을 일은 없었다. 거기다 내공에 9900포인트를 투자했다. 내공이 만 포인트가 되어버리자 우주가 전신을 부들부들 떨었다.

방금 전까지 우주의 경지를 무공으로 따져보면 현경이었다. 검강을 자유자재로 다루는 경지가 화경이라면 그 위에 현경의 경지가 있는데, 현경의 경지는 주변의 기운을 자기 마음대로 이용할 수 있었다. 우주가 알코올을 자유자재로 다루는 것이 바로 현경의 경지나 마찬가지였다.

하지만 내공이 만으로 순식간에 엄청나게 오르자 우주는 자연의 기운을 자유롭게 다룰 수 있는 경지로 껑충 뛰어올랐다.

레벨은 오르지 않았지만 우주는 스스로가 전보다 10배 이상으로 강해졌다는 것을 느낄 수 있었다.

그렇게 스텟을 엄청 투자했지만 아직도 약 14500포인트가 남아 있었다. 우주는 레벨 1때부터 있었던 가장 기본적인 스텟 네가지에 스텟을 나눠서 투자했다.

전신에서 엄청난 힘이 솟구쳤다.

[초이스로서 최초로 체력과 정신력이 십만에 도달하셨습니다. 칭호 '최초의 초이스'가 진화합니다.]

[최초로 십만에 도달한 초이스]
─체력과 정신력이 십만에 도달했습니다. 신이 아닌 이상 당신에게 해를 가할 존재는 없다고 보아도 무방합니다. 체력과 정신력이 0이 되었을 때 단 한번 도전자의 칭호를 획득할 수 있습니다.

"도전자?"

체력과 정신력이 0이 된다는 말은 곧 죽음을 의미했다.

죽고 싶은 생각은 없었기에 우주는 '도전자'라는 칭호를 평생 얻을 일이 없을 것이라 생각했다.

어쨌든 자신이 투자한 스텟을 확인하고 싶은 마음에 우주가 중얼거렸다.

"상태창 오픈."

[박우주]

LV : 45

칭호 : 최초로 십만에 도달한 초이스, 기적을 일으킨 자. 술고래.

체력 : 100000/100000(+1000)

정신력 : 100000/100000(+1000)

힘 : 3000   민첩 : 3000

지능 : 3000   행운 : 3000

내공 : 10000(+10)(자연 속성이 추가됨.)

스텟 포인트 : 2490

※추가 스텟은 추후 개방 가능합니다.

이 정도면 최강의 초이스라는 칭호를 받아도 될 것 같았다. 칭호는 세개까지 장착할 수 있었다.

준비는 끝났다.

이젠 레드 드래곤 테리우스를 사냥할 일만 남았다.

우주는 다음 날 모두를 다시 한번 불러 모았다.

"오늘은 무슨 일이지? 일주일 뒤에 보기로 한거 아니었나."

"그새 준비를 끝냈을 수도."

"에이, 설마."

초이스들은 우주의 호언장담을 믿을 수가 없었다.

그들이 우주를 찾기 위해서 내놓은 스텟도 사실은 많은 사람들이 힘을 합쳐 모은 스텟이었다.

그런데 우주 혼자서 UN그룹 전원의 장비를 마켓 타워에서 산 장비들로 맞춰주겠다니, 어불성설이라고 생각하는 사람들이 더 많았다. 우주는 권창우와 남궁민에게 먼저 선택할 권리를 주었다.

"정말 대단하시네요. 이것들을 어제 다 구해오신 겁니까?"

강당 중앙에는 엄청난 양의 무기와 갑옷이 놓여 있었다. 이 장구류 하나하나가 그 가치를 판단할 수 없을 정도였다. 세계에 하나만 풀리더라도 최소 10억은 호가할 것이 분명한 장비들이었다.

"하루면 충분하더라고."

"허허. 어쨌든 감사히 받겠습니다."

남궁민과 권창우가 선택한 것은 '드래곤 슬레이어의 장갑과 장검'이었다.

확실히 둘에게 어울린다고 생각하면서 우주는 다음 우선

권을 누구에게 줄지 고민하기 시작했다.

다음 우선권은 다섯 직원에게 주어졌다.

우주가 제일 먼저 초이스로 키우기 위해서 뽑은 직원들이었다. 이하늘, 석창호, 신수아, 하태우, 강용기는 우주가 버려(?)놓은 장비들 사이에서 좋아하는 무기들을 고르기 시작했다.

하나같이 드래곤 슬레이어란 이름이 붙어 있는 무기를 보고 점점 초이스들은 희망을 가지기 시작했다.

"이런걸 아무나 줘도 되는 겁니까?"

"어차피 알려질 일이다."

권창우가 물었지만 지금 중요한 것은 드래곤을 죽이는 일이었다. 다섯 직원 다음은 적설진과 강태풍이었다. 둘도 장비를 고르고 고른 다음에 자리로 돌아갔다. 자연스럽게 상급팀 차례가 된 줄 알고 앞으로 나선 초이스 상급팀에게 우주가 물었다.

"너희는 UN그룹 소속인가."

우주의 말에는 항거할 수 없는 힘이 담겨 있었다. 우주의 모습을 구경하고 있던 블랙 드래곤 다크니스는 우주의 말에 담긴 힘을 보고 놀랐다. 마치 드래곤들이 사용하는 용언처럼 느껴졌기 때문이다.

"예. 저희는 UN그룹 소속, 초이스 상급팀입니다!!!"

이미 당민우, 지은우, 박수봉이 빠진 상급팀은 더 이상 물러설 곳이 없다는 각오로 소리쳤다. 그들은 정말로 우주의 밑에서 커나가고 싶은 초이스들이었다.

"훗. 좋아. 골라라."

우주는 이들에게 맞는 무기를 사서 온 상태였다. 다만 한 번 더 충성심을 확인하고 싶었을 뿐이었다. 강민호는 그 사실을 제일 잘 알고 있었다. 저렇게 농구공이 덩그러니 놓여 있으면 그건 자신 말고 고를 사람이 없을 것이라고 느꼈다.

우주의 배려를 느낀 강민호가 고개를 푹 숙였다.

다음은 중급팀과 하급팀이었지만 류시우가 없는 관계로 우주는 이설화에게 먼저 기회를 주었다. 이설화는 백무환 이라는 졸업생을 배출하기는 했으나, 백무환에 대해서 아는 것이 없었다. 때문에 사실 중급과 하급팀에게 이런 대단한 장비를 주어도 되는가에 대한 의문이 들긴 했다.

그렇지만 결국 우주는 부하들을 믿기로 했다. 중급팀과 하급팀이 무기와 장구류를 고르고 나자 이제 초이스 신입 팀만 남은 상황이었다.

"이런 순간이 오긴 오구나."

김한우가 중얼거렸다. 각자를 위해서 준비해놓은 듯한 무기는 정말 반할 만큼 멋진 무기들밖에 없었다. 새 저격 총을 만지작거리는 김한우를 보면서 신우환이 대답했다.

"그러게나 말이야."

아직 초이스가 되지 못한 일반부 애들에게는 좀 미안한 일이었다. 드래곤을 상대로 싸워야 했기 때문에 특별 지급

되는 보상이나 마찬가지였다.

"너흰 이것으로 최고의 정예가 되었다. 인정하나?"

"인정합니다!!"

무기와 장구류 배부가 끝나자 우주가 단상에 올라가서 소리쳤다.

확실히 주어진 보상이 있고 없고의 차이는 컸다.

모두가 우주를 우러러보고 있었다.

"너희들에게 지급된 장비는 그 하나하나가 일반적인 능력보다 압도적으로 상향되어 있는 장비이다. 분명 장비의 도움을 받아 강해지는 자가 있는 반면, 장비만 믿고 본연의 실력이 줄어드는 자도 있을 것이다. 하지만 그것도 전부 살아 있었을 때의 이야기이다. 살아남아야 강해질 수 있고 이후의 삶을 살 수 있다. 우리는 이제 내일 지상 최강의 몬스터인 드래곤을 잡으러 간다. 죽지 말고 살아라. 그 무엇보다 본인의 목숨을 최우선시 여겨라. 드래곤은 내가 잡을 테니."

"와아아아아!!"

한바탕 연설을 마친 우주는 출정 전에 회포를 풀라고 만찬을 준비해주었다.

그리고 본인은 가족들을 보러 갔다.

가족들 역시 UN그룹 내부에 있었다.

초이스가 된 가족들에게 줄 선물 역시 준비해둔 우주였다.

"오빠, 왔어?"

우주가 가족들이 있는 방 앞에 도착하자마자 문이 열리면서 아영이 우주를 반겼다.

아영은 서포트 초이스였다.

누구보다 주위에 신경을 써야 하는 능력이라 그런지 기감이 되게 좋았다.

우주가 왔다는 사실을 아영을 통해 알게 된 우주의 가족은 우주를 기준으로 모여들었다. 그리고 그중에는 지예천과 김예나도 있었다.

"잘 있었어?"

김예나를 오랜만에 본 우주가 묻자 김예나가 고개를 끄덕였다.

"어머님 상대해준다고 시간가는 줄 몰랐어요."

"어머, 얘는."

이주영이 김예나의 뒤에서 등장하는 것을 본 우주는 이주영의 모습을 보고 깜짝 놀랐다.

"그 모습은?"

"아, 훈련복장이야."

이주영은 손에 붕대를 감고 마치 복서 같은 모습을 하고 있었다.

지예천은 아무래도 아영을 상대해주고 있었던 것 같다.

"커험험."

"음?"

맨 뒤에 나온 아버지의 모습이 어쩨 이상했다. 땅바닥을
막 구른 것 같이 흙이 묻어 있었다. 어머니를 예나가, 아영
을 지예천이 상대해주었다면 아버지는 누가 상대했는지
궁금해졌다. 하지만 더 이상 나오는 사람이 없자 우주는
무언가 이상하다는 것을 깨닫고 아영과 엄마를 불렀다.

"아영아, 엄마."

"응, 왜?"

"아버지, 2대 1로 다구리 났죠?"

"아니, 그게 말이다……."

딴짓을 부리면서 변명을 하는 엄마와 아영을 보고 우주
는 확신했다.

잘못한 것이 없는 사람들은 저런 반응을 보이지 않는다.

"이 아빠는 괜찮다!! 딸아이의 실력 향상을 위해서라
면!!"

아무래도 범인은 아영인 것 같았다.

하긴, 유명한 딸 바보가 초이스가 된다고 달라질 리가 없
었다.

아빠다워서 참 좋았다.

그런 아버지의 모습에 우주가 입을 떼었다.

"하하. 인사랑 선물 드리러 왔습니다."

"음? 선물?"

우주가 가족들을 위해 특별히 마켓에서 사온 것들을 풀
어놓자 가족들의 동공이 확장되었다.

"굉장한 아이템들이구나."

"이것들 제가 다녀올 때까지 완벽하게 다룰 수 있길 바라겠습니다. 내일 떠납니다."

"금방 돌아올 거지?"

아영이 우주에게 받은 선물을 만지작거리며 짐짓 아무렇지 않은 척 우주를 바라보며 물었다.

"물론."

"잘 다녀와라, 아들. 다치지 말고."

"네! 어머니!!"

절대 돌아오지 못할 수도 있다는 이야기는 꺼내지 않았다. 마치 산책이라도 나가는 것처럼 우주는 가볍게 마음을 먹고 자리를 옮겼다.

"우리 아들! 파이팅!!"

파이팅을 외치는 이주영을 보고, 아영이를 보고, 박준우까지 쳐다본 우주의 시선이 예나에게 머물렀다.

"가족들을 부탁할게."

"걱정 마세요. 저도 있고 예천님도 있잖아요."

우주는 지예천을 돌아봤다.

헤헤거리는 것이 영 믿음이 가지 않았다.

"예나가 더 믿음이 가는 걸?"

"몸조심하세요."

"어. 그럼 갔다 올게."

예나에게까지 인사를 마친 우주가 미련 없이 밖으로 나

274

가버렸다.

"지금… 저한테만 인사도 안 하고 떠나신 것 맞죠?"

가족들은 지예천을 측은하다는 듯 바라봤지만 그게 끝이었다.

"가자, 오빠. 새로 받은 무기 테스트해봐야지!"

"아니, 왜 나만…….'"

* * *

"이곳에 있단 말이지."

사천 당가에 도착한 하정우와 하정수가 당민우를 돌아봤다.

"안으로 들어가는 비밀 기관 같은건 없는 건가?"

"있다."

"역시. 있을 줄 알았어."

당민우는 집이 눈앞에 있자 감회어린 시선으로 당가를 바라보았다. 외관상으로는 전혀 문제가 없어 보였다. 식솔들이 살아 있는지가 제일 걱정이 되었다.

"안으로 들어갈 텐가?"

당민우가 하정우와 하정수를 돌아봤다.

혼자라면 당장에 들어갔겠지만 지금은 하정우와 하정수의 눈치를 봐야 했다.

거기다 이들의 목적이 무엇인지도 알아내야 했다.

"아니. 기다린다."

"무엇을?"

"녀석이 움직일 때를."

하정수의 말에 당민우의 아미가 찌푸려졌다. 이들의 이야기대로라면 드래곤이 움직일 때까지 안으로 들어갈 수 없다는 말이었다.

"잠깐."

그때 당민우가 무언가를 느끼고 뒷걸음질했다.

"왜 그러지? 허튼 수작 부리는 거면……."

"다들 뒤로 물러서. 어서!!"

갑자기 소리치는 당민우의 압박에 하정우와 하정수가 당민우의 뒤편으로 물러섰다.

일단 당민우의 말을 듣는 것이 좋을 것 같다고 판단했기 때문이다.

"독이다."

"독이라고?"

당가에서 독이 점점 새어나오기 시작했다.

독이 무엇인지 파악하려던 당민우는 크게 당황한 표정으로 중얼거렸다.

"설마……."

스스슥.

그때 무언가 땅을 기어가는 소리가 들렸다.

당민우는 최악의 상황을 가정하고 소리쳤다.

"모두 도망쳐!! 칠보추혼사다!!"

"뭐?!"

당민우의 외침에 맞춰서 칠보추혼사가 모습을 드러냈다.

당민우를 향해서 달려드는 칠보추혼사를 보자마자 하정우와 하정수가 급히 몸을 피했다.

"젠장!!"

당민우가 칠보추혼사를 향해서 암기를 뿌리고는 몸을 피했다. 칠보추혼사가 풀렸다는 말이 의미하는 것은 단 하나였다.

'당문이 당했다.'

당가의 독과 독물이 풀렸다는 말은 당가가 완전히 점령당했다는 말이었다.

당가에서 가지고 있는 독들과 독물들이 사천에 풀리게 된다면 사천은 지옥의 땅이 될 것이다.

칠보추혼사로부터 몸을 피하면서 당민우는 사천에 있는 문파들을 떠올렸다.

아미파와 청성파에게 빨리 지원요청을 해야만 했다.

"당민우!!"

몸을 피한 줄 알았던 하정우와 하정수가 당민우를 불렀다.

당민우는 더 이상 그들과 같이 있을 필요가 없다고 생각했다.

—지은우, 박수봉. 한때나마 같은 팀에 있었던 당민우로서 말하겠다. 난 이대로 청성과 아미에 도움을 요청하러 가겠다. 너희들이 어느 문파의 사람이며, 무엇을 위해서 날 필요로 하는지는 모르겠으나, 지금은 내가 가고 싶은 대로 가겠다.

그들에게 전음을 보낸 당민우가 훌쩍 떠나버리자 하정우와 하정수는 당민우를 쫓지 않고 다른 방향으로 몸을 날렸다.

그들 역시 당가가 당했다는 소식을 전해야 했기 때문이다.

당민우는 그 길로 아미파와 청성파에게 도움을 요청하러 달려 나갔다.

그리고 미처 보내지 못했던 손민수에게 이 정보를 보내야겠다고 생각했다.

당민우가 휴대폰을 꺼내서 손민수에게 전화를 걸었다.

* * *

"여보세요. 그래. 연락이 없기에 약속을 지키지 않으려나 싶었는데, 뭐? 알겠다. 무운을 빈다."

뚜— 뚜—

휴대폰을 내려놓은 손민수가 당민우에게 전해 받은 내용을 우주에게 보내려고 메시지를 치기 시작했다. 당가가 당

했고, 독이 풀렸다면 그곳은 생지옥이나 다름없었다.

"원흉인 드래곤이 아직 남아 있을지도 미지수라니……."

21세기에 이렇게 정보를 전달하면 유출될 가능성이 정말 컸다.

하지만 손민수는 이 정보들은 밖으로 유출되어도 상관없다고 생각하고 '초콜릿 톡'으로 우주에게 메시지를 보냈다.

현재, 중국으로 가는 전용기에 몸을 실은 UN그룹의 초이스들은 이들의 정보를 토대로 중국에서 드래곤을 잡을 계획이었다.

"손민수가 톡을 보냈는데?"

[급(急), 당민우의 정보. 현재 사천 당가를 기준으로 독과 독물들이 풀려나는 중. 드래곤은 확인되지 않았으며, 당가의 무인들이 전멸했을 거라 예상. 사천은 생지옥이 될 예정임. 조심 바람.]

간단히 정리된 메시지는 많은 내용을 포함하고 있었다. 메시지를 확인한 우주의 표정이 점점 안 좋아지자 옆에 있던 권창우와 남궁민이 물었다.

"뭐라고 왔습니까?"

"회장님?"

"테리우스 녀석, 독을 풀었어."

"네?!"

권창우에게 폰을 건네준 우주가 밖을 바라봤다.

곧 사천성 성도에 도착할 시간이었다.

"독이라……."

우주는 주위를 둘러보았다.

독에 대한 내성이 강한 사람을 한명쯤 만들어두기는 해야 할 것 같았다.

우주에게는 '스네이크 킹의 내단'이 있었다.

어차피 우주에게는 독이 무용지물이었다.

"일단, 상황을 봐야 할 것 같군. 최후의 수단도 있으니……."

우주는 뒤에서 권왕과 잔을 기울이고 있는 블랙 드래곤 타크니스를 바라보면서 중얼거렸다.

"기다려라. 이번엔 전과 좀 다를 거다."

브레스에 대한 대비책도 있었다. 우주는 눈빛을 빛내면서 레드 드래곤 테리우스를 향해 살기를 품었다.

* * *

"누구냐!!"

"저는 당문의 당민우라고 합니다. 장문인께 전할 말이 있어서 이렇게 찾아왔습니다. 전갈을 넣어주시면 감사하

겠습니다."

당민우는 사천성 청성산에 있는 청성파에 먼저 도움을 청하러 왔다.

아무래도 상대적으로 아미파보다 청성파가 당가에 더 가까웠기 때문에 대처가 빠를 것이라 여겼다.

그리고 청성에 먼저 알리지 않는다면 가장 먼저 피해를 볼 문파이기도 했다.

"당가의 사람이?"

당가를 들먹이자 문지기들이 눈에 띄게 경계를 푸는 모습을 보고 당민우는 어쩌면 일이 쉽게 풀릴지도 모른다고 생각했다.

"하지만 지금은 너무 늦은 시각이오. 내일 다시 찾아오시오."

"내일은 늦습니다!!"

물론 지금 시간이 밤이슬이 내려앉은 새벽 2시를 가리키긴 했으나, 지금은 시간을 따질 때가 아니었다.

"아무리 당가의 사람이라고 하더라도 행패를 부린다면 저희로서도 어쩔 수 없습니다."

차고 있는 검집에 손을 가까이하는 문지기들을 보고 당민우가 중얼거렸다.

"독이, 당가의 독이 사천을 뒤덮을 겁니다. 살고 싶으면 장문인을 깨워주십쇼!!"

당민우로서는 실력 행사를 해서라도 청성의 도움을 받아

야만 했다.

이미 식솔들이 드래곤에게 전부 당했다 하더라도 당가의 독으로 인한 피해를 최대한 막아내야 했다.

당민우는 많은 사람들이 고통 받는 모습을 지켜보고만 있을 수 없었다.

거기다 빨리 청성파에 상황을 알리고 아미파에도 도움을 요청하러 가야 했기 때문에 마음이 급한 상황이었다.

"독?!"

"무슨 소란이냐!!"

당민우의 외침에 청성파 안에서 누군가가 나왔다.

"장로님."

"네놈은 누구이기에 이 야밤에 청성의 앞마당에서 소란을 피우고 있는 것이냐!!"

청성파의 장로로 보이는 중년인의 모습에 당민우가 읍을 하고 고개를 숙였다.

"당가의 당민우라고 합니다. 늦은 시간에 정말 죄송합니다. 하지만 시급한 일이라 어쩔 수 없이 소란을 피웠습니다. 장문인께 전해주십쇼. 당가의 독이 사천성 전체로 퍼지고 있습니다. 독뿐만 아니라 독물들도 풀려나왔습니다. 이대로 있으면 수많은 피해가 발생할 것입니다."

"당가의 독과 독물들이?"

사실이라면 엄청난 문제였다. 하지만 청성파의 장로, 청운진인이 알기로 당가의 독물들은 당가 장문인의 직인 없

이는 마음대로 풀려날 수 없는 시스템이었다. 당가의 장문인이 죽지 않는 이상 말이다.

"당가에서 미친 것이로구나!!"

"원흉은 드래곤입니다!!"

당가를 탓하는 청운진인을 보면서 당민우가 이를 악물었다. 이런 반응이 나올 줄은 예상하지 못했다.

"드래곤이 당가에 있었단 말이냐?"

"그렇습니다. 저도 방금 이곳에 도착해서 안의 상황이 어떤지는 모르나, 칠보추혼사가 풀려났습니다. 최악을 가정할 수밖에 없었습니다."

칠보추혼사는 청운진인도 잘 아는 독물이었다.

칠보추혼사가 가지고 있는 독에 중독되면 일곱걸음을 걷기 전에 죽는다고 해서 칠보추혼사였다.

드래곤이 언급되는 순간, 이야기가 달라졌다.

소림이 멸문했던 것처럼 당가 역시 드래곤에게 멸문 당했을 가능성도 있었다.

중요한 것은 당가가 보유하고 있던 독과 독물들이 엄청나다는 사실이었다.

"청성파의 장로님께 부탁드립니다. 청성의 무인들을 동원해서 일반인들에게 피해가 가지 않도록 해주십쇼. 전 아미에도 도움을 요청하러 가보겠습니다."

"잠깐."

등을 돌리려던 당민우가 청운진인의 부름에 다시 청운진

인을 돌아보았다.

"직책을 이야기하거라. 당민우라고 하였나. 넌 당가에서 어느 정도의 위치에 있는 것이지?"

이 상황에 그게 뭐가 중요하냐고 따지고 싶은 당민우였지만 이게 바로 사회였다. 당민우는 최악의 상황을 염두에 두고 청운진인에게 말했다.

"당가의… 소가주입니다."

"소가주라고? 좋다. 장문인에게 전하도록 하지."

아버지를 아버지라 부를 수 없는 자식이었지만 당민우는 신경 쓰지 않기로 했다. 이용할 수 있는 것은 전부 이용해야만 했다. 그게 바로 초이스 아카데미에서 배웠던 일반인들에게 피해를 주지 않을 수 있는 최우선적인 방법이었다.

청운진인의 대답을 들은 당민우는 경공을 펼쳐서 아미파로 달려갔다. 아미파에 도착한 당민우는 이번에는 청성파에서의 실수를 반복하지 않았다.

"당가의 소가주, 당민우입니다. 급한 일입니다. 안에 기별을 넣어주십시오!!"

아미파의 정문을 지키던 비구니들이 당가의 소가주라는 말에 고개를 숙여보이고는 재빨리 안으로 들어갔다. 잠시 생각할 시간이 생기자 당민우는 이곳까지 오는데 아무런 제지를 받지 않았던 것이 참 다행이라고 생각했다.

하정우와 하정수의 소속이 어딘지 몰랐기 때문에 어쩌면 그들이 방해가 되었을 수도 있다고 생각했기 때문이다.

이제는 시간과의 싸움이었다.

청성과 아미가 얼마나 빨리 나서서 일반인들을 구할 것인지가 중요했다.

그리고 퍼지고 있는 독을 정화할 수 있는 초이스를 구해야 했다.

중국에서 초이스를 구할 수 있을지 모르겠으나 초이스들이 발전한 것은 한국만이 아닐 것이라고 당민우는 막연하게 생각했다.

"나무아미타불. 당가의 시주가 무슨 일로……?"

아미파에서 나온 한 비구니가 당민우에게 물었다.

당민우는 청운진인에게 이야기했던 것처럼 아미파의 비구니에게 현 상황을 전했다.

"그런… 드래곤이라니!!"

"부탁드립니다. 일반인들만이라도 어떻게든!!"

"최대한 빨리 장문인에게 전하도록 하겠네. 분명 장문인께서도 도움을 줄 것이네. 거기다 청성에서도 도움을 준다고 하니 우리도 빠질 수는 없을 것일세."

명분을 추구하는 정파인 만큼 한쪽이 도움을 주는데 다른 한쪽이 도움을 주지 않으면 명문정파로서의 이미지가 나빠지게 될 것이 뻔했다.

당민우는 이와 같은 사실을 제일 잘 알고 있었다.

"감사합니다!!"

"그럼 빨리 갔다 오겠네."

당민우와 이야기를 나누었던 비구니가 아미파 내부로 들어가자마자 당민우는 고개를 돌렸다.

미안한 일이지만 아미와 청성만 믿고 있을 수는 없었다.

사실 드래곤이 개입되었다는 이야기를 했을 때, 두 사람 모두 표정의 변화가 있었다.

어쩌면 두 문파 전부 도움을 주지 않을 수도 있었다.

하지만 단 한명. 무조건 도움을 줄 사람이 있었다.

손민수의 말을 들어봤을 때, 지금쯤 사천에 도착했을 것이다.

"전 다시 당가로 돌아가겠다고 전해주시면 감사하겠습니다."

"죄송한데 정혜사태님께서 금방 오신다고 잠시만 기다려달라고……."

당민우는 문지기 비구니들의 말을 들을 생각이 없었다. 당민우가 말도 없이 경공을 펼치자 아미파의 문지기가 당민우를 쫓아오려고 했다.

슈욱―

암기를 몇 개 던지자 비구니의 속도가 현저히 느려졌다.

그 사이 속도를 높인 당민우가 비구니의 시야에서 사라져버렸다.

"제길."

욕설을 뱉은 아미의 문지기가 다시 아미파로 향했다.

정혜사태의 지시를 이행하지 못했으니 혼날 것이 뻔했다.

문지기는 당민우를 어떻게 골려줄 수 있을지 고민하기 시작했다.

〈다음 권에 계속〉

어울림 BOOKS

신인 작가 대모집!

어울림 출판사는 무한한 상상력과 뜨거운 열정을 가진 작가 여러분을 기다리고 있습니다.
창작에 대한 열의가 위대한 작품으로 꽃피울 수 있도록 저희 어울림 출판사가 여러분의 힘이 돼 드리겠습니다.

지금 도전하십시오!

모집 분야 : 판타지, 역사, 무협, 로맨스 등

모집 대상 : 아마추어, 인터넷 작가등 열정을 가진 모든 작가

모집 기한 : 수시 모집

작품 접수 방법 : 당사 네이버 카페 또는 이메일을 이용해 주십시오.

파일 형식은 제한이 없으나 원활한 원고 검토를 위해 '.HWP' 형식으로 보내주시고, 파일에 연락처도 함께 기재해주시면 됩니다.

채택된 작품은 정식 계약을 통해 출판물로 간행됩니다.
간행된 출판물은 당사의 유통망을 이용하여 전국 서점으로 배포됩니다.
※ 문의 사항은 **네이버 카페**(http://cafe.naver.com/oulim0120)를 이용하시기 바랍니다.

경기도 고양시 일산동구 장항동 731 동하넥서스빌딩 307호
어울림 출판사 신인 작가 담당자 앞
전화 031) 919-0122 / **E-mail** 5ullim@daum.net